rougir

de plus belle

MARIE GRAY

rougir

de plus belle

nouvelles érotiques

Guy Saint-Jean
ÉDITEUR

Données de catalogage avant publication (Canada)
Disponibles à la Bibliothèque nationale du Québec

Nous reconnaissons l'aide financière du gouvernement du Canada par l'entremise
du Programme d'Aide au Développement de l'Industrie de l'Édition (PADIÉ)
ainsi que celle de la SODEC pour nos activités d'édition.

Gouvernement du Québec - Programme de crédit d'impôt pour l'édition de livres –
Gestion SODEC.

Dépôt légal 1er trimestre 2004
Bibliothèques nationales du Québec et du Canada
ISBN 2-89455-160-1

DISTRIBUTION ET DIFFUSION
Amérique: Prologue
France: Vilo
Belgique: Vander S.A.
Suisse: Transat S.A.

GUY SAINT-JEAN ÉDITEUR INC.,
3154, boul. Industriel, Laval (Québec) Canada. H7L 4P7. (450) 663-1777.
Courriel: saint-jean.editeur@qc.aira.com   Web: www.saint-jeanediteur.com

GUY SAINT-JEAN ÉDITEUR FRANCE,
48 rue des Ponts, 78290 Croissy-sur-Seine, France. (1) 39.76.99.43.
Courriel: gsj.editeur@free.fr

Visitez le site web de l'auteur:
www.mariegray.com

Imprimé et relié au Canada

Chères lectrices, chers lecteurs,

« À quand le prochain? » Cette question que vous m'avez maintes fois posée trouve enfin, trois ans plus tard, sa réponse. Le voici donc, le petit dernier... merci à vous toutes et à vous tous de m'avoir tant motivée à l'écrire! En fait, trente-deux nouvelles plus tard, je n'ai toujours pas envie de passer à autre chose, de tourner la page. Il y en aura donc d'autres, des histoires coquines... éventuellement!

Au moment où j'écris ces lignes, nous sommes à concevoir un site Web qui vous permettra de communiquer avec moi pour partager des anecdotes savoureuses (qui pourraient, avec votre permission, devenir des « petites rougeurs » !) ou simplement me faire part de vos impressions. Le tout devrait être en place au printemps 2001 — recherchez simplement Marie Gray. J'espère vivement avoir le plaisir de vous lire à mon tour!

D'ici là, encore une fois merci à vous toutes et à vous tous de votre soutien et de vos précieux encouragements.

Puissent ces dernières coquineries vous divertir et vous faire passer de bien agréables moments!
Amicalement,

Marie Gray
Décembre 2000

P.S. : La nouvelle «Un cadeau du ciel» est l'une de mes favorites, c'est pourquoi j'ai choisi de l'inclure dans ce recueil même si elle a déjà été publiée en France. J'espère que ceux d'entre vous qui l'ont déjà lue dans *Plaisirs de femmes* prendront plaisir à la relire... et que les autres l'apprécieront également!

JEUX DE MAINS...

Julie est nerveuse. Elle doit se rendre, dans un peu plus d'une heure, à sa première entrevue depuis plusieurs mois. Et quelle entrevue! Une firme prestigieuse, des avantages sociaux intéressants, une rémunération plus que satisfaisante compte tenu de son expérience ou, plutôt, de son inexpérience. Cependant, Julie se sent capable de décrocher ce poste; elle correspond, à peu de choses près, à toutes les exigences mentionnées dans l'annonce. Il ne reste plus qu'à faire bonne impression, en dire suffisamment mais pas trop, avoir l'air juste assez enthousiaste.

À peine son baccalauréat obtenu, Julie avait bien saisi l'ampleur du défi qui l'attendait pour dénicher l'emploi qui lui conviendrait. Elle avait l'intention de mettre tout cet onéreux savoir à contribution. Cependant, la tâche s'avéra plus ardue qu'elle ne l'avait escompté. Si cette offre, comme les précédentes, n'apporte rien de bon, elle devra se résoudre à se trouver un autre boulot de serveuse, en attendant des jours meilleurs. Fierté oblige.

Julie fouille dans ses quelques vêtements pour retrouver sa blouse blanche, sa jupe beige et le veston assorti.

C'est sa seule tenue qui puisse encore convenir pour une entrevue, bien qu'elle porte une attention presque maniaque à l'entretien de ses vêtements… et s'en félicite ! Plus tard, une fois sa carrière enclenchée, elle s'offrira tous les vêtements qui lui plairont. Mais pour le moment, il faut faire durer le peu qu'elle possède, tout en conservant une allure convenable. Convaincue que les gens bien mis réussissent souvent à obtenir davantage que ceux qui négligent leur apparence, elle accorde beaucoup de soins à ses cheveux, à ses ongles, à ses mains et à son maquillage, discret et raffiné, malgré son budget limité.

Elle enfile donc son « uniforme d'entrevue », noue son épaisse chevelure en un joli chignon, nettoie scrupuleusement son vieux sac à main et ses chaussures et quitte plutôt fébrilement son minuscule deux-pièces en direction du métro, un peu à l'avance, ce qu'elle préfère nettement à un retard. Rien de pire pour gâcher une première impression ! Peu importe où elle doit se rendre, Julie part toujours suffisamment d'avance pour pouvoir se permettre de flâner un peu, de prendre le temps de marcher si la température le lui permet, et ainsi se détendre complètement. Ou alors pour parer, le cas échéant, à un intéressant contretemps…

Car Julie entretient un jardin secret bien particulier. Elle a bien essayé — en vain — de combattre ce penchant qu'elle considérait autrefois comme inacceptable, ce besoin de péripéties où l'adrénaline s'allie au désir, où l'inconnu frôle l'intime. Mais comme cette « faiblesse » la consomme toute entière lorsqu'elle se manifeste, Julie a vite compris qu'elle ne pouvait y échapper, que le combat était perdu d'avance.

C'est le jour de sa rupture avec Robert, le seul homme qui eût compté dans sa vie, qu'elle abdiqua finalement à son vice caché.

Cette journée-là avait bien mal débuté. Le réveil n'avait pas fonctionné, elle s'était levée en catastrophe. Le réservoir d'eau chaude étant défaillant, elle s'était presque ébouillantée dans la douche. Le frigo était pratiquement vide, pas la moindre goutte de lait pour le café. Elle grommelait en s'habillant, se cogna le tibia sur le bord du lit. Elle partit tout de même à l'heure et arriva à l'université pour apprendre que son cours avait été annulé. Le cours suivant ne débutant que quatre heures plus tard, elle décida donc de faire quelques emplettes avant de retourner chez elle. C'est ainsi qu'elle trouva sa meilleure copine au lit avec Robert, dans une posture qui ne permettait aucune équivoque. Muette, frustrée, anéantie, elle s'était précipitée hors de l'appartement, lâchant le carton de lait et les autres provisions soudainement trop lourdes. Le beau rêve qu'elle entretenait, celui d'un long bonheur tranquille auprès de Robert, s'écroulait donc comme un château de cartes. Des sentiments contradictoires se bousculaient dans son esprit agité. Qu'avait-elle bien pu faire pour provoquer cette trahison? Ne méritait-elle pas mieux? Elle n'était plus sûre de rien, doutait de tout. Comment avait-elle pu être aussi aveugle? Il devait bien y avoir eu des signes précurseurs qui lui avaient échappé! Elle se trouvait idiote, malchanceuse, elle était en colère, s'apitoyait. Julie marchait, courait presque, ses larmes se mêlant à la pluie d'été qui la trempait de plus en plus sans qu'elle y accordât la moindre attention. Ses pas l'avaient menée jusqu'à la bouche de métro. Bien que la foule fût dense, Julie ne voyait personne. Elle pleurait toujours, les larmes inondant son visage ravagé. Elle s'était dirigée comme une automate vers la rame qui entrait en gare et s'y était engouffrée, n'ayant aucune destination précise en tête. Et c'est là que se produisit l'événement qui allait bouleverser toutes ses valeurs et, surtout, toute l'image qu'elle se faisait d'elle-même.

Le wagon était bondé. Elle était pressée de tous les côtés, des corps s'écrasaient contre le sien ; le désespoir qui l'étreignait ajoutait à sa crainte d'étouffer. Il y régnait une chaleur nauséabonde, un mélange infect d'odeurs de toutes sortes. Ses pleurs tarissaient peu à peu mais un épais brouillard subsistait dans son regard, la rendant insensible aux autres passagers. Elle fixait sans les voir les murs du wagon couverts de publicité et de graffitis, l'éclairage brutal blessant ses yeux déjà meurtris. Elle se sentait poussée, ballottée, bousculée ; à la station suivante, quand quelques personnes de plus montèrent à bord, elle se noya complètement dans la marée humaine.

Elle ne perçut d'abord qu'un très léger effleurement à l'intérieur de sa cuisse et crut à une conséquence de la proximité des gens autour d'elle. Elle croisa les jambes. Mais le toucher s'intensifia, nullement mû par le hasard. Il était trop précis, trop habile et discret, glissant plus haut sur l'arrière de sa jambe. Retrouvant sa lucidité, Julie se rendit compte que sa robe était trempée. Le léger tissu fleuri enserrait sa poitrine comme une seconde peau, le contact mouillé faisant jaillir ses mamelons. Elle eut un frisson, autant de déplaisir que d'embarras, et sentit le rouge lui monter aux joues. Elle tenta de se fondre davantage parmi tous ces gens, reculant un peu plus vers le fond du wagon. Mais quelque chose la touchait toujours, l'avait suivie dans son retranchement et agrippait sa cuisse avec plus d'insistance, tentant de s'infiltrer sous sa jupe. Elle se retourna afin de confronter l'intrus mais ne vit autour d'elle que des gens qui lui semblèrent aussi hébétés, aussi las qu'elle. Gênée, elle croisa les bras sur sa poitrine, tant pour se réconforter que pour cacher son corps trop exposé. Sur sa cuisse, cependant, la lente ascension avait repris son cours, profitant même de ce que ses jambes soient à nouveau écartées pour se faufiler entre elles.

Julie ne savait que faire, quelle attitude adopter. Sa nature passive lui dictait de ne manifester aucune réaction, d'attendre patiemment que le « problème » se règle de lui-même… toutefois, l'ébullition de ses sens, en cette journée particulière, l'empêchait de simplement laisser faire. Elle se retourna une fois de plus et croisa, derrière elle, le regard d'un homme qui détourna aussitôt le sien en rougissant. Comme il s'agissait d'un homme d'apparence ordinaire plutôt qu'un vieillard libidineux ou un adolescent en quête de sensations fortes, elle le regarda fixement un instant, espérant que le simple fait qu'elle l'ait démasqué suffise à faire cesser ce manège. Et cela fonctionna. Du moins, momentanément. Car après quelques minutes d'accalmie, la main — car c'en était bien une — reprit sa douce intrusion. Elle était chaude et caressante, effleurant à peine sa peau frissonnante. Si chaude et si caressante, en fait, que Julie abdiqua et se permit de l'apprécier. Bien sûr, elle ne l'aurait jamais admis, et, longtemps, elle mit le blâme sur son état de détresse émotive. En vérité elle était paralysée, ou peut-être simplement trop exténuée pour protester, se révolter contre un comportement qui l'aurait normalement choquée. Elle attendit donc, se concentrant pour ne rien laisser paraître du tourbillon de colère et de plaisir emmêlés qui l'habitait.

C'est la colère qui se dissipa la première, à mesure que la main palpait sa fesse fraîche puis s'enfouissait entre ses jambes, caressant doucement la chair de plus en plus moite. Julie était étonnée de la douceur du geste, de la nature presque féminine, voire maternelle, de l'habile doigté. Puis, comme le train ralentissait à l'approche de la station suivante, la main se retira. Le train ralentit davantage, projetant doucement le corps de l'étranger contre celui de Julie. Ses fesses toujours frissonnantes purent bien apprécier l'érection de l'inconnu qu'elle regarda alors du coin de l'œil, sans animosité. L'espace d'un instant, le visage de l'homme se tint immobile tout près du sien, une lueur de désir embrasant ses prunelles. Alors, Julie se sentit bien. Elle oublia complètement Robert et sa trahison, ignora sa robe trempée et sa tristesse et eut envie de suivre cet homme qui, sans le savoir, venait de lui insuffler une toute nouvelle énergie. Mais, sur un dernier regard insistant et un doux sourire aux lèvres — doux, en fait, comme un remerciement — il descendit du wagon pour se perdre dans la foule.

Depuis ce jour, Julie ne voyage qu'en métro. Bien entendu, et même si elle se montre réceptive à cet effet, tous les trajets ne sont pas aussi mémorables ! Malheureusement. Il ne s'agit plutôt, la plupart du temps, que d'effleurements à la fois légers et insistants, ou alors de simples regards qui, elle en est certaine, sont chargés de tout le désir inassouvi du monde. Peu lui importe. Ces petits épisodes lui procurent des bienfaits inestimables. Ils lui permettent de se sentir belle, désirable, même s'il ne s'agit parfois que de visages brièvement aperçus, de jeunes hommes à peine sortis de l'adolescence ou d'hommes d'âge mûr en quête de sensations plus ou moins oubliées. Mais, plus que tout, ces «quasi-aventures» représentent une source pratiquement inépuisable de fantasmes dont elle nourrit son corps plus tard, le soir, seule dans son grand lit douillet. Et comme il est somme toute assez rare que, même encouragés, des hommes prennent de telles libertés, elle a dû peu à peu affiner sa technique.

Les jours où elle a besoin de se faire plaisir, elle part de chez elle largement à l'avance, car les bons «candidats» ne se présentent pas nécessairement aux premières stations et il lui faut souvent patienter un peu. L'idéal, sans aucun doute, est de voyager durant la période où les gens se rendent ou reviennent du travail. Elle tente donc, dans la mesure du possible, d'effectuer ses déplacements tôt le matin ou en fin d'après-midi. Julie est en fait passée maître dans l'art subtil de choisir ses victimes et de faire en sorte qu'elle obtienne ce petit cadeau, cet hommage qui la fait frémir. Généralement, le jeu prend fin lorsqu'elle peut sentir, contre ses fesses ou ses reins, une érection bien proéminente. Elle se félicite alors en silence et sort du wagon à la station suivante.

Elle est bien sûr consciente des dangers d'un tel comportement. Oui, un homme rendu trop enhardi pourrait décider de la suivre ; elle pourrait se faire prendre à son propre jeu. Mais le ciel pourrait aussi lui tomber sur la tête ! De plus, elle a remarqué que la plupart des hommes qu'elle « aguiche » se contentent amplement de ce petit cadeau inattendu. Aucun n'a encore cherché à la suivre. Et elle n'est pas naïve ; elle se doute bien que ces hommes rentrent chez eux probablement excités, encore un peu abasourdis, et que c'est leur femme ou leur petite amie qui en profite. Tout cela n'a aucune importance. Julie en ressort invariablement de bonne humeur, ragaillardie. Elle en retire un sentiment de puissance, de contrôle.

Il arrive bien parfois que les touchers se fassent plus précis, plus approfondis... Une seule fois, à la faveur d'une foule particulièrement dense, elle avait permis à une main de s'insinuer entre ses cuisses nues, presque jusqu'à la limite de son intimité, en souvenir du premier épisode. Cette main était aussi chaude que la première, quoique rugueuse. C'est cependant le genre de mains qu'elle préfère. Rugueuses. Des mains de travailleur, exposé aux éléments. Le doigté était aussi plus rude, moins délicat, et elle s'en était accommodée, avait apprécié, même. Elle n'avait pas vu le visage de l'homme derrière elle ou, plutôt, n'avait pas voulu le regarder. Son reflet était pourtant bien visible dans la fenêtre du wagon, mais Julie avait détourné le regard. Elle était loin de la vierge effarouchée, sauf qu'elle refusait d'agir trop ouvertement. Il n'était tout de même pas question de donner son accord tacite, d'un regard appuyé ou souriant... non. Elle acceptait en silence ces attouchements, les provoquait certes, mais n'afficherait pas indûment ses intentions. La main rugueuse l'avait donc palpée, agrippant un peu durement ses fesses, un doigt parcourant la faille qui les sépare, des reins jusqu'aux poils presque hérissés sous la mince culotte. Julie avait été étonnée de la réaction de son corps, de sentir poindre entre les replis de son sexe frémissant la manifestation juteuse de son plaisir. La première main n'avait pas eu cet effet-là! Quand elle sentit que les doigts tentaient de glisser sous la culotte, elle cambra un peu les reins. Le bout d'un pouce effleura son sexe, une autre main serra sa hanche contre un membre bien dressé, provoquant de délicieux chocs électriques.

À cet instant, elle croisa le regard désapprobateur d'une dame à sa droite. Honteuse, elle s'avança brusquement, dégageant du coup la main bienfaitrice, et sortit du wagon qui était entré en gare, confuse, en proie à un mélange d'excitation et d'embarras. Elle fit le reste du trajet à pied jusque chez elle, pour reprendre ses esprits, mais la scène la hantait. Il lui tardait de se retrouver seule, chez elle, et de jouir pleinement de cette dernière expérience, achevant ce que l'inconnu avait entamé, libérant son ventre de la tension insupportable qui l'assaillait toujours à son arrivée, malgré le kilomètre et demi de marche rapide...

* * *

C'est en repensant à cet incident que Julie met la touche

finale à son apparence avant de se rendre à son rendez-vous. Il a été fixé à treize heures trente, heure paisible dans le métro… et la journée s'est déroulée sans incident jusque là. « Tant mieux » se dit-elle. « Ou plutôt, tant pis ! » Elle ne recherchera pas de toute façon le moindre contact en voyageant ce jour-là. Ce n'est pas le moment ! Quoique cela la détendrait peut-être… elle est plutôt nerveuse ! Se rendant compte que l'heure passe vite, trop vite pour lui allouer son avance habituelle, Julie se regarde une dernière fois dans le miroir, lisse les pans de son veston et sort enfin.

Le trajet se déroule, comme elle s'y attendait, sans la moindre anicroche… et sans le moindre événement inattendu. Elle arrive dix minutes avant l'heure de son rendez-vous et en profite pour examiner l'endroit.

Décor somptueux, à la fois chic et sobre, des meubles de qualité en acajou — du vrai, constate-t-elle. Les toiles accrochées aux murs sont l'œuvre d'artistes connus, pas que de vulgaires aquarelles anonymes… Le personnel semble aussi chic que l'environnement. La réceptionniste qui l'a accueillie est charmante, quoique froide, instaurant cette distance professionnelle tant appréciée des patrons. Juste assez de chaleur pour ne pas faire obstacle à la climatisation, mais d'une gentillesse apparemment sincère, métier oblige. On l'appelle enfin et elle fait la rencontre du directeur du personnel. Un monsieur tout aussi impeccable que le reste, sans un seul cheveu de travers. Il examine son C.V. attentivement, lui pose plusieurs questions auxquelles elle tente de répondre en déployant tout son charme et son enthousiasme. L'entrevue se termine au bout d'environ une demi-heure et elle retourne chez elle, toujours sans encombre.

Un message de M. Beaulieu, l'homme qu'elle vient de rencontrer, l'attend déjà. Quelle surprise ! Il lui annonce que sa candidature a été retenue et que les membres de la haute direction souhaitent faire sa connaissance, ainsi que les trois autres candidats, afin de faire leur choix. Elle lui téléphone sur-le-champ pour confirmer qu'elle sera là, à la date et l'heure proposées.

* * *

Toute la semaine, Julie se remémore son entrevue. Elle se souvient de chaque syllabe prononcée, tant par elle que par M. Beaulieu. Tout est si clair dans sa tête, comme si l'adrénaline avait marqué chaque lettre de chaque mot au fer rouge. Elle a été tout simplement brillante ! Julie ne doute pas une seconde de pouvoir décrocher ce poste, à moins, bien sûr, d'une catastrophe : un autre candidat a peut-être autant d'atouts qu'elle, après tout, et il ne faut rien laisser au hasard. Elle s'efforce donc de prendre soin d'elle-même afin d'être en possession de tous ses moyens, le moment venu. L'une de ses copines lui a même prêté un ensemble jupe-chemise qui lui va à ravir, un de ces vêtements qui respirent l'assurance et le professionnalisme. Elle passe la semaine dans un état d'euphorie, croyant en sa bonne étoile, convaincue que tout se passera à merveille et que dans peu de temps sa carrière débutera enfin en beauté.

* * *

Comble d'ironie, elle se fait réveiller aux petites heures du jour fatidique : le chien du voisin, encore ! Un hurlement à fendre l'âme la tire d'un sommeil agité et exacerbe son mal de tête déjà lancinant. Puis Princesse se met à japper sans cesse. Julie tente d'enfouir sa tête sous l'oreiller, en proie à des pensées meurtrières qui la soulagent quelque peu... et elle finit par s'assoupir. Jusqu'à ce que retentisse la sirène d'une ambulance, ou des pompiers. Elle se fiche bien qu'il s'agisse de l'un ou de l'autre. Le véhicule semble s'immobiliser sous sa fenêtre, toutes sirènes hurlantes, avant de repartir.

Le silence enfin revenu, Julie se détend et se met tout juste à flotter dans un état proche du sommeil lorsqu'un camion choisit de reculer, émettant son avertissement typique. Chaque bip, bip, bip, lui vrille le cerveau, lui déchire les tympans. « Ma foi, on se croirait dans le Bronx ! » fulmine-t-elle. Et comme pour renforcer cette idée, plusieurs coups de klaxon retentissent, qui bientôt se multiplient. Un coup d'œil par la fenêtre lui révèle des automobilistes mécontents et impatients, bloqués derrière un énorme camion de livraison... Alors voilà. Tout pour la mettre de bonne humeur ! Comme il lui est impossible de se rendormir, elle décide de se lever, prépare le café et fait couler un bon bain dans l'espoir de se détendre. Ses yeux chauffent, ses oreilles cillent, mais qu'à cela ne tienne, elle ne laissera pas ces petits désagréments gâcher l'une des plus importantes journées de sa vie.

Elle vient à peine de déposer des compresses froides sur ses paupières, son corps submergé dans l'eau délicieusement tiède et odorante, qu'un grésillement se fait entendre de la cuisine. « Sans doute une goutte de café tombée sur l'élément chauffant », pense-t-elle. Le grésillement se fait de plus en plus insistant et est suivi d'un étrange gargouillement. Julie se lève alors brusquement, glisse en sortant du bain, se retient au rideau de douche qui se décroche pour aller choir dans l'eau tiède. Elle pénètre dans la cuisine en se cognant l'orteil sur le cadre de la porte ; la douleur et la rage sont remplacées par l'exaspération lorsqu'elle constate qu'une bouillie de café et de grains dégouline de la cafetière au plancher.

Elle prend une profonde inspiration. Puis une deuxième. Se sentant un peu mieux — son orteil, du moins, n'élance plus ! —, elle ramasse le dégât, met d'autre café à infuser et tente de terminer sa toilette. Mais c'est l'un de ces matins où il aurait mieux valu rester au lit. Dans la demi-heure qui suit, elle trouve le moyen de se casser un ongle, de se couper la jambe en se rasant et de se mettre le pinceau à maquillage dans l'œil. Fin prête — il était temps ! —, elle prend place à sa petite table pour déguster une tasse de café bien chaud et se calmer avant de partir. Son rendez-vous est à dix heures et il n'est que huit heures. Elle a le temps ! Julie en conclut que toutes les petites malchances qui l'accablent depuis son lever s'arrêteront dès qu'elle mettra le pied à l'extérieur. C'est sa façon à elle de se remonter le moral, de se dire que la journée ne se déroulera pas nécessairement comme elle a commencé. Oh ! elle entend le camelot déposer son journal dans l'entrée. Elle sort le cueillir. Au même moment, le cabot maudit, libéré de sa laisse, se met à japper et veut s'emparer du journal. Julie tire tant qu'elle peut, mais le démon s'en prend soudainement à elle et mord sa chaussure. L'envoyant valser d'un coup bien senti elle se réfugie à l'intérieur, espérant se changer les idées avec les nouvelles et, peut-être, voir ce que l'horoscope lui prédit de bon. Les nouvelles ne sont guère réjouissantes. Comme d'habitude. Quant à son horoscope, il ne lui apprend pas grand-chose : journée pleine d'imprévus, sachez vous adapter. Oui, oui, bien sûr.

Julie choisit donc de partir de chez elle tout de suite. C'est, après tout, une belle journée : le soleil brille — avec sa chance, il va bien se mettre à pleuvoir ! — son mal de tête est presque disparu et elle pourra se balader tranquillement dans les rues animées pour faire baisser la tension d'un cran.

Elle est sur le point de sortir quand elle remarque sa chaussure. L'ignoble canin l'a mordue et y a laissé l'empreinte de ses dents, ainsi qu'un peu de salive. Ouache ! Elle ne va tout de même pas se présenter en entrevue avec une chaussure dégoulinante de bave de chien ! Comme elle a horreur de ce genre de choses ! Elle se précipite dans la salle de bain, nettoie, frotte, plie tant et si bien que la chaussure redevient presque impeccable. Au fond d'elle même, elle se demande ce qui peut bien encore se produire comme contretemps, aujourd'hui...

* * *

Elle est presque arrivée au métro quand, dans la vitrine d'un restaurant, elle voit le reflet de sa jambe, sous sa cape. Horreur ! Son bas est maintenant orné d'une affreuse maille, qui court du talon à la cuisse. Prise de panique, elle se demande que faire. Retourner chez elle ? Non. Elle n'a pas d'autres bas à la maison. Par ailleurs, il n'y a pas le moindre magasin sur son chemin. La pensée de se balader avec des bas maillés l'horripile au plus haut point. C'est presque aussi pire que la chaussure mâchouillée. La seule solution qui s'offre à elle est donc de retirer ses bas — les toilettes du restaurant dont la vitrine lui a révélé l'horreur feront bien l'affaire ! — et d'en acheter une nouvelle paire en sortant du métro. Elle se sent étrangement nue en sortant du restaurant mais, comme ce n'est pas encore véritablement l'automne, elle a encore l'air convenable.

La foule du métro est étonnamment dense pour cette heure relativement tardive. On annonce que plusieurs pannes sont survenues et que le réseau ne fait que commencer à fonctionner normalement. Le quai est si plein qu'elle se fait transporter par la foule jusqu'au train et y monte, presque sans avoir à bouger les pieds. Elle ne remarque pas tout de suite les trois hommes contre lesquels elle a été poussée. Ce n'est que lorsque le train démarre et qu'elle se retrouve presque dans les bras de l'un d'eux qu'elle voit enfin ces hommes somme toute ordinaires ; des ouvriers, probablement en route pour un chantier quelconque. La jeune quarantaine, ils sont assez corpulents ; l'un deux est plutôt grand, un autre, franchement costaud, a réussi à prendre place tout juste derrière elle, sur le banc du fond. Le troisième, le plus quelconque, se situe à sa droite. Tous trois arborent des barbes assez fortes, des visages qui n'ont pas rencontré la lame d'un rasoir depuis plusieurs jours. Cela leur confère un charme particulier qui ne déplaît pas à Julie. Ce sont des hommes avec qui elle ne partagerait sans doute pas sa vie — elle les préfère généralement doux, minces et élégants —, mais avec lesquels elle se verrait bien vivre une aventure brève, torride. Particulièrement le grand châtain à sa gauche, tout près d'elle, avec ses yeux noisette et ses longs cils, ses dents si blanches contrastant avec son hâle prononcé.

Les trois hommes se sont remis à parler entre eux, blaguant sur le retard qu'ils accuseraient au travail, sur les autres hommes du chantier, causant de tout et de rien. Finalement, ils n'ont pas l'air trop malheureux du contretemps et l'un d'eux conclut en disant : « mais non, si tout avait été normalement, on n'aurait jamais eu la chance de voyager près d'une si belle demoiselle ! » Julie sourit, flattée. Elle se rend soudainement compte que les trois hommes l'ont encerclée, qu'elle est comme enveloppée dans un cocon, l'un derrière, l'un d'un côté, le wagon de l'autre, et le troisième, qui la domine d'une bonne tête, de côté, presque devant elle. « Ceci pourrait devenir intéressant » pense-t-elle. Elle refuse cependant de pousser sa réflexion plus avant. Elle a subi assez de contretemps aujourd'hui... Par contre, elle aurait bien besoin de se détendre, et une petite caresse, réelle ou imaginaire, lui ferait sans doute le plus grand bien ! Comment faire ? Elle abandonne l'idée quand elle réalise que si elle tente d'attirer l'attention du grand châtain, les autres s'en rendront compte et... elle aura l'air de quoi ? Elle en est là dans ses réflexions quand le train freine brutalement, projetant Julie contre le costaud, assis derrière elle. Peut-être veut-il simplement la retenir pour l'empêcher de tomber ? Elle n'en sait rien, mais une grande main se retrouve sur sa cuisse et elle a l'impression d'être brûlée. Drôle d'endroit à agripper pour la retenir, quand même ! Elle fait mine de n'avoir rien remarqué et son visage demeure impassible. Puis, elle observe que le grand châtain s'est encore approché d'elle. Le devant de son jean frotte contre la hanche de Julie et elle croit — ou veut — sentir une érection soutenue. L'homme joint ensuite ses mains devant lui et Julie a un choc. Ce sont les plus grandes mains qu'elle a jamais vues. Elles sont immenses ! Instinctivement, Julie ferme les yeux et tente de les imaginer sur elle, cette érection libérée de son carcan et glissant sur son corps dénudé.

Le train subit une autre secousse et c'est le grand châtain qui, cette fois, la retient, posant l'une de ses si grandes mains sur la hanche de Julie et la frottant, discrètement, contre sa bien réelle érection. Julie ne fait rien pour se dégager de ce qui pourrait n'être qu'une caresse accidentelle ; en fait, elle ose même exercer davantage de pression et, écartant les jambes pour plus de stabilité, imprime à ses hanches un subtil mouvement de rotation. Seulement pour voir quelle sera la réaction derrière elle. La main sur sa cuisse — celle du costaud ? — reprend sa place, tout doucement d'abord, comme dans l'attente d'une protestation de la part de la jeune femme. Mais Julie n'oppose pas la moindre résistance et laisse les doigts rugueux glisser sur sa peau, ravie, frissonnante malgré la chaleur. La main sur sa hanche se déplace subrepticement sous sa cape, les doigts disproportionnés pétrissent doucement sa taille et la courbe de ses fesses. Elle est si grande et large que Julie a l'impression qu'elle lui caresse tout le corps à la fois, des fesses aux côtes. Tous ces mouvements sont heureusement invisibles aux autres passagers ; serrés comme des sardines, les gens sont loin de se préoccuper d'elle et de ses nouvelles conquêtes !

Julie pourrait — devrait — se poser un tas de questions sur ce qui est en train de se produire. Toutefois, tout ce qui lui vient à l'esprit est une appréciation de l'heureux incident qui l'a forcée à retirer ses bas — il n'y a pas de hasard ! —, la bonne idée d'avoir revêtu sa cape et le fait que sa chance, ou plutôt sa malchance, semble enfin tourner pour le mieux. Ce qui est de bon augure pour son entrevue. Et, comme pour confirmer ce dernier sentiment, le train ralentit abruptement, émet un grincement étrange et finit par s'immobiliser. Quelques soupirs exaspérés de la part des passagers se font entendre... mais aucun du côté des trois mousquetaires entourant Julie. Ils semblent, au contraire, enchantés de cette nouvelle tournure des événements. Elle aussi ! Au moment où la main du costaud glisse entre ses cuisses, le châtain lui empoigne doucement un sein, ses yeux verts, calmes et remplis de désir, plongés dans ceux, un peu hébétés, de Julie. Elle a à peine le temps de lui rendre son regard que les lumières des wagons s'éteignent. Il ne reste plus que l'éclairage blafard des phares d'urgence. Les pensées folles qui tourbillonnent dans la tête de Julie sont interrompues par l'annonce, dans les haut-parleurs, qu'il ne s'agit que d'un problème mineur qui sera réglé dans quelques minutes et qu'on demande aux passagers de rester calmes, qu'ils pourront descendre à la prochaine station sous peu.

C'est une oreille distraite qui enregistre ces informations puisque Julie est en proie à un trouble indescriptible. La main sèche qui s'est glissée entre ses cuisses, quelques instants à peine avant la panne, s'est faufilée, la coquine, jusqu'à sa culotte et des doigts qui semblent agiles s'apprêtent à s'introduire sous l'élastique. Le grand châtain a introduit sa main sous la ceinture de sa jupe, sous la culotte, et agrippe les fesses charnues avec ardeur. Le troisième, quant à lui, vient de se planter devant elle, bien bandé, ses hanches broyant celles de Julie, les mains la pelotant, malaxant ses seins.

Les doigts du costaud réussissent enfin à s'introduire, eux aussi, sous la culotte, puis, plus avant, dans la moiteur de ses cuisses. Julie a les jambes molles, mais elle ne veut surtout rien interrompre ! Elle sent avec délice un doigt s'insinuer au plus profond d'elle, puis un autre frotter son clitoris énergiquement. Elle se croit arrivée au bout de ses peines quand un autre doigt, appartenant probablement au grand châtain, suit lentement la fente entre ses fesses et y trouve suffisamment de moiteur pour s'y enfoncer. Cet assaut, aussi inattendu qu'agréable, la fait frémir. Les deux hommes se regardent, puis impriment à leur main un mouvement de balancier exquis. Julie a peine à réprimer son plaisir, mais, voulant ajouter de l'intensité à cette extase, elle se met à imaginer les trois hommes nus autour d'elle, l'un la prenant par devant, un autre par derrière, le troisième lui mordant les seins et l'embrassant à pleine bouche. Cette image est tellement puissante et tellement excitante qu'elle sent son ventre se tendre et inonder de sa jouissance les mains captives de son corps.

Julie tremble d'ailleurs encore quand le train se remet en marche et que les lumières se rallument. Elle tente tant bien que mal de rajuster ses vêtements, sous sa cape, avant l'arrivée à la prochaine station. Elle est tellement maladroite ! Merci mon Dieu pour la cape ! Heureusement, le train roule à vitesse réduite, se traînant péniblement jusqu'au prochain arrêt. Quand il s'immobilise enfin, Julie est encore à bout de souffle. Le rouge aux joues, confuse, haletante, elle s'assure rapidement que ses vêtements sont à peu près présentables. Les portes s'ouvrent enfin et les trois hommes disparaissent en un éclair, ne lui laissant même pas le temps de croiser leur regard. Elle se sent tout à coup abandonnée et se demande si tout cela s'est bien produit ou si ce n'était qu'une chimère. Mais les palpitations entre ses cuisses lui rappellent que tout a bel et bien été réel...

Elle descend à son tour et tente de reprendre ses esprits. Où est-elle ? Que vient-elle faire ici ? Un éclair de panique la fait consulter sa montre. Pas de temps à perdre ! Elle sort en trombe de la station de métro, attrape un autobus qui partait justement dans la bonne direction. Elle se souvient de ses bas et descend plus tôt que nécessaire, s'en achète une paire, les enfile dans un restaurant, avale un café en vitesse pour se remettre les idées en place et arrive devant l'immeuble avec suffisamment d'avance pour s'asseoir un peu sur un banc et reprendre la maîtrise d'elle-même.

Elle se concentre durant quelques minutes, se souvient à quel point elle a excellé lors de la première rencontre.

Elle veut cet emploi et, ma foi, elle l'aura. Elle les charmera, les éblouira, leur démontrera qu'elle est une candidate sérieuse, la seule qui leur convienne. Doucement, lentement, le calme se réinstalle en elle. Elle inspire profondément et pousse les grandes portes de l'édifice détenteur de sa destinée.

Julie pénètre dans les bureaux de la firme à dix heures précises. Au moment où elle entre, M. Beaulieu vient à sa rencontre, faisant signe à la réceptionniste, engagée dans une conversation téléphonique qui semble mouvementée, qu'il s'occupe d'elle :

— Mademoiselle Lavoie ! Heureux de vous revoir. Venez, venez. Le conseil est ici, au grand complet, tous les membres sont impatients de faire votre connaissance. Je dois vous dire que vous êtes une candidate très prometteuse !

Sur ce, il lui présente tous les membres du conseil d'administration puis, après lui avoir désigné un siège faisant face à l'assemblée, s'avance pour lui offrir de suspendre sa cape. Julie accepte avec gratitude. Son cœur bat à tout rompre. Les membres sont presque tous assis quand Julie se retourne pour leur faire face, fière, le menton bien haut, le regard droit devant elle, déterminée à les éblouir.

Elle entend d'abord quelques raclements de gorge. Puis quelques toussotements. Elle regarde les gens assis devant elle et constate que quelque chose ne va pas ; tant les hommes que les femmes détournent le regard, l'air gêné. Un silence de plomb s'installe, un silence aussi lourd que l'incompréhension de Julie. Finalement, une femme, dont elle a déjà oublié le nom, lui fait un petit signe des sourcils, regardant fixement la poitrine de Julie, puis ses yeux. Julie sent son assurance fondre. Les battements de son cœur se précipitent, résonnent dans ses oreilles. Elle avale péniblement et baisse la tête, son regard glissant avec hésitation vers son chemisier. Celui-là même que sa copine lui a prêté pour la circonstance, qui dégage assurance et professionnalisme. Blanc, couleur neutre et parfaite pour une entrevue. Blanc avec de jolis petits boutons de nacre. Blanc avec de grosses traces de doigts juste sur les seins...

AMBIVALENCE

L'attente me semble interminable. Encore en retard ! Moi qui me suis pourtant dépêchée pour arriver à l'heure... Une autre femme est là qui, elle, paraît détendue, plongée dans sa lecture. Mais je sais que ce n'est qu'une façade : comme elle est sans doute ici pour les mêmes raisons que moi, elle ne peut pas réellement être aussi sereine ! D'ailleurs, en se levant, elle me lance un regard de connivence, presque complice... et je me sens soudainement très proche d'elle. Je sais exactement ce qu'elle ressent. Le fait de la savoir ici, de savoir qu'elle subira le même sort que moi, à quelques nuances près, me réconforte quelque peu.

Il faut plusieurs autres longues minutes avant que mon tour vienne. Celle qui m'appelle m'a reconnue et elle m'adresse un sourire chaleureux, presque amical. Je me lève d'un bond, impatiente, presque chancelante, et la suis le long de l'étroit corridor, vers cet endroit qui m'inspire des sentiments si contradictoires. Souvenirs. Tant de souvenirs ! Douleur et plaisir étroitement liés, crainte et extase inspirés par le même homme. En passant devant la pièce où se trouve ma compagne de fortune, je suis étonnée de n'entendre ni gémissements ni cris étouffés. « Une habituée ! » me dis-je en souriant. J'arrive enfin dans cette pièce qui sera le théâtre de ma vulnérabilité, de mon impuissance, de ma délivrance, de mon désir.

La jeune femme prend doucement mon sac en me souriant toujours. Elle est plutôt jolie et bien moulée dans sa petite robe blanche. Je sais qu'elle restera ici, avec nous. Ça me va, ce n'est pas une surprise. C'était très clair, depuis le début, et je n'ai rien à redire. Elle assistera, participera, approuvera, commentera à l'occasion mais, surtout, elle saura le guider, subtilement, dans le choix des « accessoires » dont il est si friand...

Toutes ces considérations s'évanouissent soudainement. Car il est là. Celui que je suis venue retrouver avec tant d'impatience, ce charmant bourreau, m'adresse un sourire éclatant. C'est ce sourire qui m'incite à entretenir notre liaison malgré les retards constants et agaçants qu'il m'impose ; c'est ce sourire absolument irrésistible qui obnubile tout le reste, qui illumine mes pensées, qui hante mes rêves les plus fous. Bien sûr, le reste de sa personne est tout aussi attirant, enjôleur et impeccable : il se présente à moi rasé de près, subtilement parfumé, ses vêtements sont immaculés. Ses yeux noirs semblent sourire, eux aussi. Faussement angéliques sous les longs cils et les sourcils parfaits, ils brillent d'un éclat joyeux. Content de me voir ? Anticipation de tout ce qui est à venir ? Je n'ose lui demander. Sait-il seulement à quel point j'avais hâte d'être ici ? Je brûlais d'impatience de le revoir, même en sachant que pour atteindre le bien-être infini auquel j'as-

pirais il me faudrait souffrir, endurer de ses mains tant de
sévices.

Sans le vouloir, mon regard tombe sur la petite table sur
laquelle sont posés les instruments de torture qu'il utili-
sera sans doute sous peu. J'ai peine à réprimer un frisson.
Il tente de me rassurer, de m'expliquer tout doucement,
mais c'est inutile car je sais tout. C'est pour ça que je suis
ici, n'est-ce pas? Je m'allonge enfin, à sa merci.

L'éclairage cruel de la lampe m'agresse; je sais qu'il
l'apprécie, qu'il ne pourrait s'en passer, même, et c'est
pourquoi je ne proteste pas. Ses talents valent bien quelques compromis de ma part... je n'ai, après tout, qu'à
fermer les yeux et le laisser prendre les choses en main,
comme d'habitude. Sa voix chaude me demande si je suis
à l'aise. Je suis sur le point de me contenter de hocher la
tête quand je me souviens que, d'ici quelques instants, il
me privera de l'usage de la parole, sa main gantée me
bâillonnant aussi efficacement que n'importe quel autre
accessoire. Je m'empresse donc de répondre de façon plus
précise, tant que cela m'est encore possible:

— Oui, très... mais il fait un peu froid...

— Pas pour longtemps, ma chère, tu verras...

Sourire énigmatique. Puis, ça y est. Sa main s'approche
de mon visage, son haleine agréablement fraîche parvient
jusqu'à mes narines et je ferme les yeux, m'abandonnant
à ses bons soins.

Ses mains douces, caressantes, exploratrices, ont tôt
fait de me détendre. Elles me tâtent, palpent doucement...
Je me sens bien, enfin calme. Tellement calme que je devine ces mains sur ma gorge, dans l'encolure de ma

blouse, sous mon soutien-gorge, découvrant mes seins offerts avec ménagement, presque avec prudence. Je sais pertinemment que cette douceur sera brève, qu'il deviendra bientôt beaucoup plus ferme, exigeant. Ça y est, il s'arrête. Il me laissera seule, quelques instants, se préparant, nous préparant à passer aux choses sérieuses. Finie, la douceur ! L'engourdissement bienfaiteur qui m'envahit en son absence fait disparaître toute appréhension. Oh ! il subsiste bien une toute petite parcelle d'inquiétude ! Mais je la balaie d'un battement de cils alors que ma respiration devient plus profonde, lourde et lente... Cette torpeur est si agréable ! Elle me permet même de conserver en mémoire quelques bribes de cette douceur prodiguée avant son départ. Cette infinie tendresse que je laisse se propager sur mon ventre, la main gantée presque impersonnelle, irréelle, se frayant un chemin vers mon pantalon qui, magiquement se détache, glisse sur mes hanches et disparaît complètement. J'écarte les cuisses, invitant un toucher précis qui ne vient pas tout de suite... Sa voix me fait sursauter :

— Prête pour la suite ?

Je réponds d'un signe de la tête, mon regard vague révélant mon état d'abandon, d'alanguissement. Oh ! oui ! Oui, je suis prête. Je n'attends plus que ça, en fait.

Ses mains se font, effectivement plus fermes, exigeantes, précises. Les voilà qui palpent ma chair, pinçant, grattant avec force ; j'en garderai sans doute des marques ! L'air me semble tout à coup beaucoup plus chaud, torride même.

Je l'entends qui s'empare, sans plus attendre, de l'un

des instruments reposant sur la petite table. À travers mes paupières closes, je ne tente même pas de discerner l'outil en question; son aspect n'a pas la moindre importance. Seulement l'usage qu'il en fera.

L'instrument disparaît entre mes lèvres, écartant la chair gonflée. Dans ma tête, des pensées confuses se bousculent: ce manche qui s'insinue profondément entre mes cuisses, une main séparant davantage les parois de mon sexe pour laisser le passage à un doigt, puis à un autre. La seconde main s'affaire, frottant tout autour en une valse folle; je sens mon ventre se tendre, je devine ses yeux posés sur moi, emplis de sang froid et d'autorité. Et la fille qui n'intervient pas, ou alors si discrètement...

Un bruit strident se fait entendre, une vibration qui, même si elle semble venir de très loin, me secoue tout entière. Ma peau blessée souffrira sans doute davantage mais je ne veux percevoir que le plaisir. M'enfonçant plus profondément dans ma torpeur, mon impuissance, j'accueille cette vibration qui se répand le long de mes cuisses ouvertes, qui s'approprie mon intimité et me plonge dans une transe indescriptible, exquise. Je suis broyée, tendue, secouée dans tous les sens. Et ce manche qui s'active toujours en moi, qui m'emplit de plus en plus frénétiquement...

Le silence s'installe. Non! Trop tôt! J'ai envie de hurler ma frustration, mais sa main est toujours là, sur ma bouche, ne laissant s'échapper de mes lèvres qu'un grommellement inintelligible. Mon tortionnaire s'empare d'un nouvel instrument qui me semble plus mince et plat. Encore une fois, l'une de mes lèvres s'écarte sous la lame froide, je me sens terriblement exposée. Qu'attend-il pour y poser une deuxième lame, pour m'écarteler totalement, et me faire endurer d'autres châtiments ? Ah ! voilà. Ma chair s'étire, et c'est mon sexe qui est totalement ouvert, béant. J'entends un sourd vrombissement, plus grave et plus lent que le précédent. Bien. Peut-être que ceci me comblera enfin... un objet rotatif qui se poserait là, tout en bas, saurait sans doute achever cet épisode d'agréable façon. Je le devine qui s'approche, me chatouille, qui glisse enfin entre mes jambes tremblantes ; un doux délice qui m'enserre et m'exalte, me berce et me chavire. Aussi chaud qu'une langue, aussi doux, également ; toutefois, c'est une caresse plus régulière, infatigable, éternelle. Oui, éternelle. Comment pourrais-je bien conserver cette sensation plus longtemps ? Surtout qu'elle ne soit pas, comme la précédente, trop brève, me laissant pantelante, au bord de l'orgasme, en proie à des élancements, à un vide, à une promesse non tenue.

Mais elle dure, cette douce caresse. Elle s'éternise. Le vrombissement me parcourt tout le corps, s'attardant sur mes seins, les massant tout doucement. Puis il explore mon ventre, mes jambes, mes bras. Mais c'est là-bas que je le désire. Tout en bas. Et je veux qu'il y reste, qu'il s'unisse définitivement à mon sexe enflammé. Le premier manche, aussi, d'ailleurs. Pourquoi pas ? Le manche mystérieux et son incessante invasion. Et puis les doigts, aussi, tant qu'à jouir. Oui, les doigts. Combien de doigts, au fait ? Aucune importance. Tous ces touchers, ces caresses, ces plaisirs indescriptibles me font haleter, gémir. Quelques instants, encore, et je pourrai enfin ressentir mes muscles qui se tendent et se détendent, ces spasmes qui me secoueront le ventre, les fesses, le corps entier. Quelques instants...

Le vrombissement s'arrête aussi soudainement qu'il avait débuté. Déçue, j'ouvre les yeux, interrogeant l'homme, puis la jeune femme d'un regard sans doute paniqué.

— C'est déjà terminé...

Comment ça, terminé ? Lui peut-être, mais pas moi, je suis loin d'avoir terminé !

— Déjà ?

— Oui, ça s'est plutôt bien passé, non ?

— Oui... je crois que j'ai dû sommoler.

— Tant mieux ! Tu peux te rincer la bouche. Ça sera peut-être douloureux durant quelques heures. Mais après, cette dent ne devrait plus te faire souffrir ! On se revoit dans deux semaines pour le reste ?

Deux semaines. Bon, pas le choix. J'attendrai...

ŒIL POUR ŒIL

Élise sirotait son troisième gin-martini bien tassé quand sa copine Chantal arriva enfin. Elle lui fit signe de la rejoindre au bar et l'accueillit avec un demi-sourire. Chantal s'approcha rapidement, l'embrassa et recula d'un pas :

— Eh, tu n'as pas l'air dans ton assiette, toi...

Effectivement, Élise n'en menait pas large. C'est d'ailleurs pour cette raison qu'elle avait demandé à Chantal de venir ce soir. Elle n'en pouvait simplement plus.

— Même chose ! dit-elle au barman. Et une bière pour toi ?

Chantal acquiesça puis, impatiente, reprit :

— Vas-tu enfin me dire ce qui se passe ? Tu m'inquiètes à la fin !

Élise se contenta de la regarder droit dans les yeux et de pousser un long soupir. Elle paya les consommations avant de se décider à répondre :

— Je crois que Nicolas se doute de quelque chose...

— Qu'est-ce qui te fait croire une telle chose ? Vous avez été imprudents, Patrick et toi ?

— Oh ! Pas du tout ! Nous n'avons rien fait de spécial. Nous sommes toujours aussi prudents. Mais Nicolas n'est tout simplement plus le même depuis deux semaines. Plus le même du tout. Et j'ai beau me creuser la tête, essayer de comprendre ce qui a pu se passer, je ne trouve rien d'autre. Il a sûrement découvert quelque chose.

— Qu'est-ce que tu veux dire, « plus le même » ? Il n'est pas malade, au moins ?

— Que non ! Je dirais plutôt le contraire ! Je ne l'ai jamais vu aussi en forme depuis ces quinze ans que nous vivons ensemble. Il est tellement en forme, en fait, que c'est inquiétant...

— Arrête les charades, je n'y comprends rien. Raconte !

— Nous avons fait l'amour cinq fois en treize jours !

Élise vit, comme au ralenti, la mâchoire inférieure de Chantal tomber. Littéralement. Et elle restait là, la bouche grande ouverte, semblant même oublier de respirer. Élise aurait pu lui dire que le ciel venait de lui tomber sur la tête que ses paroles auraient eu le même effet. L'expression sur le visage de Chantal aurait été comique si la situation n'était si grave. Mais cette dernière avait du mal à enregistrer — et même à croire — ce qu'Élise venait de lui apprendre. Nicolas ! Le même Nicolas qui souffrait du syndrome de la queue flasque — de troubles érectiles, corrigeait toujours Élise — depuis tant d'années ! Nicolas qui avait toujours refusé de faire face au problème, de rechercher de l'aide ! Nicolas qui, à défaut d'assumer sa défaillance, avait fait sentir à Élise qu'elle n'était plus attirante, plus excitante, qui avait failli la faire sombrer dans une dépression ! Nicolas qui avait éveillé en Élise un instinct de survie suffisamment puissant pour la pousser dans les bras d'un autre homme ! Incroyable !

Mais c'était surtout alarmant. Élise avait sans doute raison : il avait découvert le pot aux roses. Chantal savait très bien que les hommes qui se sentent menacés ont l'une de deux réactions : ou bien ils s'écrasent et laissent l'adversaire gagner, ou, plus fréquemment, ils se battent farouchement, tentant de se réapproprier leur bien. Cela augurait mal pour Élise. Chantal essaya cependant de trouver une autre explication :

— Mais ta liaison avec Patrick n'a peut-être rien à voir... Peut-être te redécouvre-t-il enfin comme la femme exceptionnelle que tu as toujours été ? Ou il a fini par comprendre qu'il risquait de te perdre s'il ne réagissait pas ? Ou encore il a finalement vu combien tu t'étais transformée, depuis quelques mois, et ça lui a plu...

— Non, ce n'est pas ça. Je ne sais pas exactement pourquoi, mais je suis convaincue que ça n'a rien à voir.

— Alors donne-moi des détails. Raconte-moi tout, depuis le début.

— C'était il y a deux semaines, un jeudi soir. Un jeudi tout à fait ordinaire. Nous venions de terminer de manger et la cuisine était en désordre. Comme d'habitude, Nicolas alluma la télé et je me mis à nettoyer. Tout à coup, je sentis une présence. Il se tenait dans l'embrasure de la porte et me regardait bizarrement. Je lui demandai si quelque chose n'allait pas et il s'avança alors, m'embrassa en glissant les mains sous ma robe et me souleva pour me déposer sur le comptoir. Sans un mot. Il me regardait toujours étrangement, mais j'étais tellement frappée de stupeur que je ne songeai pas à protester ou même à lui demander ce qui lui prenait. Je m'attendais à chaque instant à ce qu'il sursautât, réalisant brusquement ce qu'il était en train de faire et qu'il se souvînt de tous les échecs essuyés de ce côté-là depuis des années. Je vis, au contraire, une érection former une bosse de plus en plus importante dans son pantalon ; c'était tout à fait surréaliste.

Chantal écoutait son amie en retenant son souffle. Élise prit lentement une gorgée et poursuivit.

— Mais ce n'était que le début. Il me souleva doucement afin de retirer ma culotte, avança mes hanches tout au bord du comptoir et il se mit à me lécher, à me sucer, à me caresser comme il ne l'avait jamais fait. C'était merveilleux mais, en même temps, vraiment bizarre. J'étais là, avec cet homme qui partage ma vie depuis si longtemps mais qui agissait de façon tellement improbable qu'il était presque devenu un pur étranger. Et quand il baissa son pantalon, je crus avoir la berlue : il était bandé comme un étalon ! Je te jure, je ne me souvenais pas de l'ampleur de son sexe tant il y avait longtemps que je l'avais vu ainsi érigé.

Toujours sans un mot, il me caressa du bout gonflé de son membre fier et glissa en moi comme si c'était la chose la plus naturelle du monde. Je nageais en pleine confusion. C'était si bon, si imprévu, si inattendu ! Le pantalon enroulé autour des chevilles, Nicolas me défonçait avec plus d'ardeur qu'il n'en démontrait à vingt ans. À tel point que, en tentant de m'agripper pour reprendre l'équilibre, je fis tomber une assiette et renversai un restant de crème glacée sur le comptoir. Je glissai dedans et Nicolas m'empêcha de tomber. Se retirant un moment, il trempa l'une de ses mains dans le dégât et s'en enduisit la queue avant de replonger de plus belle. J'avais peine à croire ce qui arrivait. La crème m'avait recouvert le sexe et Nicolas se pencha à nouveau devant moi pour nettoyer le tout... ou plutôt pour la répandre davantage. C'était l'extase ! Sa main valsait sur moi, écrasait et palpait, chatouillait et pinçait, je n'en pouvais plus. J'allais jouir de nouveau de la main de cet homme ! Cette pensée furtive s'éclipsa aussitôt et le sexe de Nicolas m'envahit insolemment, alors que mes fesses glissaient de tous les côtés sur la crème et Dieu sait quoi d'autre, cognant tout contre ses hanches. Il m'attira à lui de toutes ses forces et je revis sur son visage cette expression que je connaissais si bien et qu'il ne m'avait pas permis d'admirer depuis tant d'années : il jouissait violemment, la mâchoire crispée, les yeux fermés, la tête relevée.

Je restai là un moment, en proie à la plus grande confusion. Finalement, toutes ces années de frustration prirent le dessus et j'éclatai en sanglots en m'enfuyant dans la chambre. Il me laissa seule un moment, puis vint me rejoindre. Il n'essaya même pas d'expliquer quoi que ce soit, de me réconforter le moins du monde. Il se contenta de me prendre dans ses bras et de me bercer tendrement. C'est ainsi que, près d'une heure plus tard et toujours en silence, je m'endormis enfin. Et je n'avais pas la moindre idée de ce qui m'attendait les jours suivants...

Chantal laissa échapper un sifflement. Elle ne verrait

définitivement plus la cuisine de son amie du même œil !

— Les jours suivants ?

— Eh bien, tous les deux ou trois jours il me surprend de la même façon. Et je crois que ce serait arrivé plus souvent si j'avais été à la maison chaque soir plutôt que chez Patrick. Il m'a même fait l'amour sur la table de la cuisine durant un match de hockey !

— Wow ! Durant un match de hockey... Mais qu'est-ce que tu avais fait pour provoquer ça ?

— Rien du tout, je t'assure ! Je passais simplement l'aspirateur, il m'a vue, et voilà...

— Patrick est au courant ?

— Bien sûr que non ! Je ne lui ai rien dit. Inutile de l'inquiéter pour le moment ! Et, même si Nicolas a des doutes, je ne suis pas prête à quitter Patrick. Qui sait ce qui arrivera ? Nicolas peut aussi bien redevenir tel qu'il était du jour au lendemain et je me retrouverais le bec à l'eau. J'aurais quitté Patrick pour rien. Je l'aime bien, tu sais. Et c'est ça, mon problème. J'ai été attirée par Patrick, entre autres, pour son appétit sexuel presque infatigable alors...

— Alors tu t'exténues à essayer de satisfaire deux hommes en même temps ! Tu avoueras que c'est ironique !

— Ironique, peut-être, mais je n'en peux plus ! Et toute cette tension ! Je me sens prête à éclater, me demandant constamment quel moment il choisira pour porter ses accusations... ce qui ne saurait tarder. Car il y a autre chose...

— Ah bon ?

— Oui. Tu sais, la fois du match de hockey ? Eh bien ! nous étions passés de la table de cuisine à l'escalier et je le chevauchais avec entrain. Tout à coup, j'eus l'idée d'essayer de le faire parler, de savoir ce qu'il savait au juste. Même si le Nicolas d'autrefois n'a jamais été un grand parleur, je me disais que peut-être ce Nicolas-ci serait différent... Je lui demandai donc, sans ambages, ce qui le rendait dans cet état. Et tu sais ce qu'il me répondit ? Il dit : «Je sais que tu m'as remplacé. Tu vas chercher ailleurs ce qui te manque à la maison. Mais crois-tu que ce soit encore nécessaire, maintenant ? Tu prends sans doute plaisir à te sentir désirée par tous ces hommes. Et ça m'excite terriblement...» Cela me fit l'effet d'un coup de poignard, mais je réussis à conserver mon sang-froid. Je ne savais absolument pas quoi répondre alors je souris, comme s'il s'agissait d'un jeu. Mais j'étais plutôt ébranlée...

— Aïe ! Assez accablant, en effet... Mais, dis-moi, à part ce désir soudain, y a-t-il autre chose d'étrange dans son comportement ?

— Tu veux dire comme l'énorme bouquet de roses qui m'attendait à la maison l'autre soir ? Ou l'incroyable festin qu'il m'a préparé, vendredi dernier ? Ou peut-être toutes les petites réparations qu'il a faites dans la maison ?

— Ma parole. On dirait presque qu'il a quelque chose à se faire pardonner !

— Oui, alors que ce serait plutôt moi...

Chantal demeura silencieuse un instant. Puis, son expression se fit pensive :

— Peut-être pas, après tout. Ne m'as-tu pas dit qu'il avait changé de poste, au travail ?

— Le mois dernier, oui.

— Et n'a-t-il pas comme mandat d'assurer la formation des nouveaux employés?

— Oui, c'est ça. Il les emmène voir des clients, leur enseigne le fonctionnement du système informatique des commandes, ce genre de choses.

— Et ne m'as-tu pas dit, aussi, que sa compagnie embauchait des gens de plus en plus jeunes, que tu avais vu un tas de nouveaux visages, féminins pour la plupart?

Ce fut au tour d'Élise de demeurer silencieuse. Une image tardait à s'imposer à son esprit embrumé. Une image qu'elle refusait peut-être de voir, en fait, mais qui se fit de plus en plus claire, au point qu'elle ne put y échapper. Ah! C'était peut-être ça, après tout. À bien y penser, elle trouvait que Nicolas quittait la maison avec plus d'entrain que d'habitude ces jours-ci et, au fait, ne lui était-il pas arrivé plusieurs fois, récemment, de rentrer très tard? Élise s'efforça de réfléchir aux autres indices qui lui auraient peut-être échappé. Puis elle repensa aux nouveaux vêtements acquis par Nicolas. Elle se souvint de la lotion après-rasage dont il s'aspergeait subtilement le visage chaque matin alors qu'il se plaignait, autrefois, qu'elle lui irritait la peau. Ces faits devaient bien être suffisants pour établir la preuve. Avait-il rencontré une jeune femme si excitante que son «blocage» se serait résorbé? L'infidélité d'Élise, malgré la culpabilité qu'elle lui occasionnait, était-elle tout à coup moins condamnable?

Elle sentit une bouffée de chaleur lui monter à la tête. Ah, le salaud! Comment osait-il! Elle avait été si patiente, si compréhensive toutes ces années. Quel culot! Une colère irrationnelle s'empara d'elle. Oh, et puis, autant se l'avouer : elle était également blessée, se sentait trahie, humiliée. Peu lui importait qu'elle eût fait subir le même sort à Nicolas depuis si longtemps, ce n'était pas la même chose. Il l'avait cherché, lui ! C'était de sa faute, il l'y avait poussée. Et qu'est-ce qu'il croyait, avec ses confidences dans l'escalier ? Que parce qu'il acceptait son infidélité à elle, l'appréciait même selon ses dires, elle devrait tolérer d'être ainsi bafouée ? Œil pour œil, dent pour dent ? Eh bien, elle ne laisserait pas les choses se passer ainsi !

Chantal, remarquant le changement d'expression de son amie, essaya de tempérer :

— Écoute, il est peut-être attiré par quelqu'un sans qu'il soit encore passé aux actes. Tu sais combien les remises en question de couples sont excellentes pour la libido ! Ne t'énerve pas si vite, assure toi au moins d'avoir raison avant de faire quoi que ce soit !

— Ah ça, pour m'en assurer, je vais m'en assurer, crois-moi ! Et je ne me gênerai pas non plus pour tout lui dire au sujet de Patrick ! S'il croit que je serai la seule à souffrir, il se trompe !

Sur ce, Élise se leva et serra son amie dans ses bras.

— Tu m'excuseras Chantal, mais je dois partir. Tout de suite. Nicolas est à la maison, je veux régler ça une fois pour toutes. Souhaite-moi bonne chance !

Élise sortit du bar en marchant rapidement, en courant presque. Elle fulminait ; sa colère, loin de se résorber, semblait plutôt décupler à chaque pas. Elle s'efforçait pourtant de rester calme, tentant de trouver le meilleur moyen de le confronter, de lui faire avouer l'affront. Elle cherchait les mots les plus blessants, les plus humiliants pour les lui lancer à la figure, tout en sachant qu'elle n'en ferait rien. Ou, du moins, pas avec la violence inouïe qu'elle ressentait. Cette violence se dissiperait sans doute avant qu'elle arrive à la maison, ne laissant qu'une froide méchanceté... et encore. Elle était tout à coup si lasse qu'elle dut s'asseoir. Elle revoyait les bons moments qu'ils avaient vécus ensemble. Car il y en avait eu, de bons moments. D'excellents, même. Dommage que ces souvenirs fussent anéantis, balayés par l'image douloureuse de Nicolas enlaçant tendrement une jeune femme, une autre femme...

C'est le cœur lourd qu'Élise s'approcha enfin de chez elle. Les lumières étaient encore allumées : tant mieux, Nicolas n'était pas couché.

* * *

— Élise, j'avais hâte que tu arrives...

— Ah bon ?

— Oui, je crois qu'on devrait parler... laisse-moi te débarrasser.

Nicolas l'aida à retirer son manteau et la prit dans ses bras. Il l'embrassa fougueusement et, aussitôt, une imposante érection se fit sentir. Nicolas sembla tout à coup beaucoup moins pressé de discuter... Se frottant tout contre Élise, il déboutonna son chemisier, caressant ses seins à travers son soutien-gorge. La peau si pâle rosissait sous ses doigts, les mamelons brandis cherchaient à s'échapper. Nicolas dégrafa le soutien-gorge et palpa les seins frémissants, puis les prit dans sa bouche gourmande, l'un après l'autre, embrassant, léchant et suçant tendrement. L'humeur d'Élise semblait s'être transformée également, ses réserves évanouies le temps de s'abandonner totalement aux caresses. En fait, elle s'était résignée à ce que ceci fût peut-être le calme avant la tempête, l'ultime plaisir avant la rupture. Aussi, quand Nicolas l'entraîna vers le divan elle se laissa conduire, dispersant, sur son passage, sa jupe, ses chaussures et ses bas. Elle regarda en souriant Nicolas s'empêtrer dans son pantalon avant de le retirer enfin, puis s'installer confortablement. Tendant les bras, il l'attira à lui. Écartant les cuisses, Élise s'installa, aspirant doucement le membre en elle, frôlant de ses seins le visage et les lèvres de cet homme qu'elle croyait si bien connaître. Elle n'avait nulle envie de se presser, souhaitant plutôt repousser le plus possible le moment déplaisant qui suivrait ; son compagnon semblait aussi vouloir étirer ce doux moment et il se contenta de se laisser reposer en elle, sa verge ne glissant que subtilement au fond de la douce caverne.

Puis, il accéléra doucement, ses hanches se soulevant de plus en plus rapidement, ses mains empoignant les seins avec davantage de fougue. Il l'embrassa, lui mordilla le cou, laissant ses dents s'imprimer sur la chair tendre... puis se releva, retourna Élise, qui, obéissante, s'agenouilla sur le divan, les coudes fermement appuyés au dossier, prête à l'assaut. Nicolas plongea en elle ; Élise savait très bien que c'était ainsi qu'il préférait jouir. Elle tenta de maîtriser le rythme, désirant accentuer le doux frôlement contre sa paroi sensible et permettre à ses doigts de caresser les lèvres qui enserraient amoureusement cette queue, mais Nicolas accéléra plutôt, lui empoignant solidement les hanches. Puis il lui saisit les épaules, faisant tanguer le corps d'Élise contre son mat érigé et il ne fallut que quelques instants d'un plaisir incroyablement intense pour que Nicolas se répande tout au fond d'elle. Élise émit un soupir et ne permit pas à Nicolas de se retirer ; voyant qu'elle tentait d'atteindre son propre sexe trempé d'une main impatiente, Nicolas la retint tout contre lui et joignit ses doigts à ceux d'Élise jusqu'à ce qu'elle s'affaissât enfin, les jambes tremblantes.

Ils restèrent plusieurs longues minutes sans oser bouger, ni l'un ni l'autre ne souhaitant rompre le charme. Ce fut Élise qui, la première, se dégagea. Laissant glisser sa main sur la joue de Nicolas, lui adressant un sourire empreint de tristesse, elle se dirigea vers les toilettes.

Il lui fallait maintenant réfléchir à la meilleure façon d'aborder le sujet qui la préoccupait tant. Sans y croire vraiment, Élise souhaitait de tout son cœur qu'il y eût une autre explication que celle qu'elle appréhendait. Elle se sentait au bord du gouffre, savait qu'elle subirait sans doute, dans à peine quelques minutes, une blessure profonde. Et le fait de savoir qu'il souffrirait aussi n'était qu'une bien maigre consolation.

C'est à travers un voile de larmes qu'elle vit la petite bouteille. Bien en évidence, près du lavabo. Peu habituée à la présence de médicaments d'ordonnance chez eux, Élise était curieuse. Elle s'empara du flacon contenant une multitude de petits losanges bleus. Un large sourire illumina son visage après avoir lu le nom de Nicolas sur l'étiquette et elle sentit un immense soulagement l'envahir.

Car sous le nom et l'ordonnance, « 1 comprimé de 50 mg, au besoin », était écrit un tout petit mot qui expliquait enfin tout : Viagra.

PLAISIRS D'HIVER

Un autre long hiver s'était installé. Dès octobre, les gels étaient apparus, apportant des nuits déjà si froides, l'air glacial qui s'infiltre sous les vêtements, le vent du nord qui gifle. Oui, ici dans notre petit village, l'hiver se faisait hâtif. Jusqu'en mars, nous serions isolés ; pas totalement, bien entendu, mais suffisamment pour que les quarante kilomètres nous séparant du village voisin nous semblent infranchissables. Toutes les familles devaient déjà avoir accumulé les denrées nécessaires provenant de « l'extérieur » afin de ne pas avoir à faire le voyage une fois la neige tombée. Car lorsqu'elle tombe, par ici, elle tombe !

Nous étions installés dans ce hameau depuis un peu plus de un an et avions bien souffert, durant notre premier hiver, de ce sentiment d'isolement. D'autant plus que la communauté demeurait un peu méfiante à notre égard ; elle ne nous avait pas tout à fait intégrés. Pour ces gens qui se connaissent tous, certains depuis des générations, nous étions toujours des « gens de la ville ». Un couple aux idées parfois beaucoup trop novatrices (j'avais voulu faire installer, quelques semaines après mon arrivée, un ordinateur à la bibliothèque afin que le village puisse être « branché » sur le monde !) ; un homme et une femme qui, selon eux, ne sauraient jamais s'habituer à cette vie de campagne, simple mais dure, surtout quand venait la saison froide. Sur ce point, cependant, ils n'avaient pas totalement tort...

Le seul loisir disponible durant les longs mois d'hiver était le visionnement de films. Mais puisque nous sommes friands de films pour adultes et que le choix de telles cassettes vidéo était très limité au village — seulement trois ! —, nous avions décidé, encore une fois, d'innover. À notre départ, notre famille et nos amis nous avaient offert une vidéocaméra, s'attendant sans doute à ce que nous filmions la nature environnante... Oui, il m'arrivait bien d'immortaliser quelques paysages durant les rares excursions que nous faisions dans les alentours, mais nous utilisions surtout la caméra pour des scènes un peu plus *vivantes*...

Les premiers ébats que nous avions filmés n'étaient pas très convaincants. Mais, comme en toute chose, un peu de pratique nous permit de « jouer » de façon plus naturelle et d'approfondir nos connaissances techniques tout en découvrant plusieurs petits trucs utiles, notamment sur le plan des prises de vue. Après quelques temps, la qualité de notre production surpassait ce que nous aurions pu espérer. Nos œuvres devinrent de plus en plus imaginatives et nos performances, plus convaincantes à mesure que les mois passaient. Ces films nous permirent de passer de très agréables moments, bien enfouis sous l'épaisse couche de neige. L'un d'entre eux, en particulier, était, ma foi, presque un chef-d'œuvre.

La première scène me montre assise sur le lit et revêtue d'un minuscule soutien-gorge exposant le bout de mes seins. Je les avais rougis, afin de leur donner une apparence plus lumineuse à l'écran. Je déguste une sucette multicolore en forme de boule et m'amuse à la lécher avec application, prenant des airs de petite fille, ma langue en dessinant les contours de façon suggestive, mes lèvres écarlates l'enserrant tendrement. La caméra s'approche davantage — gros plan sur mon visage : les yeux fermés, la bouche s'affairant sur la sucette. Puis sur mes épaules, l'un de mes bras ; je m'étends sur le lit défait, mes cuisses largement écartées. Appuyée sur un coude, les genoux fléchis, je lèche la sucette en y laissant une salive abondante avant de la déposer sur mon sexe. Je prends, pour la caméra, une pose plus suggestive : je suis étendue de tout mon long, j'écarte d'une main les parois de mon sexe tandis que l'autre y insère la sucette, la faisant tournoyer comme une toupie. Peu à peu, la caméra se rapproche. Elle est si près qu'on peut nettement distinguer, lors du visionnement, les gouttes de salive sucrée qui ornent mes cuisses alors que le bonbon disparaît en moi, que le petit bâton s'enfonce par petits mouvements saccadés pour réapparaître, plus sucré que jamais. Carl, ayant déposé la caméra sur un trépied, peut prendre la relève de mon autre main, celle qui s'affaire à m'humecter davantage. Je n'aurais jamais cru que la prise de vue pourrait être si intéressante ! Je le vois s'emparer de la sucette et la lécher avec gourmandise avant de l'insérer à nouveau dans mon sexe gommé. Puis, en gros plan toujours, ses doigts pressés qui poussent ensemble, forcent, se fraient finalement un chemin en moi alors que la sucette frotte tout autour de mon propre bonbon, celui de chair et de nerfs, gonflé et palpitant. Enfin, c'est le sexe de Carl qui succède à ses doigts ; il s'enfonce sans peine dans ma caverne élargie. L'œil de la caméra a pu capter tous ces gestes avec une précision remarquable. Le membre qui luit en se retirant, les mains qui broient et pincent mes seins avant de caresser mon clitoris frémissant, les doigts pianotant sur ma chair tendue. Quand Carl se retire, me sachant sur le point de jouir, on peut même voir, quelques instants plus tard, les lèvres de mon sexe trembler, comme une bouche qui parle sans émettre un son ; puis sa queue engorgée, suspendue au-dessus de mon ventre, qui tressaute avant de m'asperger d'une épaisse jouissance...

Pas mal. Pas mal du tout. Nous avions vraiment fait des progrès ! Et de visionner ces ébats nous donnait envie de faire d'autres prouesses aussi intéressantes. Avec cette cassette et les quelques autres que nous avions préparées au cours de l'été et de l'automne, nous serions fin prêts à affronter un long hiver.

* * *

À notre arrivée au village, l'année précédente, nous avions l'intention de nous y « établir ». Mais, malgré tous nos efforts, nous n'étions pas arrivés à créer des liens avec la communauté. Une certaine barrière subsistait, une gêne. Il me semblait pourtant avoir posé tous les gestes nécessaires, avoir démontré notre bonne volonté ; je m'impliquais au niveau communautaire, ramassant des fonds pour la bibliothèque et le matériel scolaire, participant religieusement aux réunions du conseil municipal, allant même à la messe tous les dimanches. Carl, de son côté, œuvrait en tant que pompier volontaire et entraîneur de l'équipe de soccer des tout-petits. Nous encouragions tous les commerces locaux, du moins tant que cela était possible. Nous y avions acheté certains meubles d'un artisan local ; nos appareils électroniques provenaient du seul magasin spécialisé des environs. Nous faisions également l'effort de nous procurer nos vêtements et autres nécessités au village, alors que ces articles auraient été nettement moins coûteux en ville et le choix, beaucoup plus grand. Malgré tout, la population locale ne manifestait jamais envers nous cette chaleur à laquelle nous nous étions attendus et nous ne fréquentions personne. Tant de fois avions-nous entendu des louanges sur l'accueil incomparable des gens de la région. Sans doute le réservaient-ils aux touristes, l'été, car nous n'en avions pas bénéficié ! Malgré notre découragement, nous persistions à espérer que, à force de patience et de gentillesse, nous arriverions à gagner, sinon leur amitié, au moins un sentiment d'appartenance. Il semblait que nous ayons eu raison, car quelques incidents me portèrent soudain à croire que nous étions en train de réussir.

Le premier événement inusité se produisit quand, ayant omis d'attacher ma ceinture de sécurité, je vis l'unique voiture de police du village qui me suivait, gyrophares allumés. Je condamnais ma distraction — j'attache toujours ma ceinture ! — et cherchais une excuse valable pour mon geste irresponsable quand le policier arriva à ma hauteur. Je pris un air contrit, tentant, sans grand espoir, de l'amadouer. C'était le même policier qui m'avait donné une contravention, six mois plus tôt — une fortune pour un tout petit excès de vitesse... J'anticipais donc un dénouement similaire.

Il me regarda sévèrement, m'informa de la raison pour laquelle il m'avait fait arrêter — comme si je l'ignorais — puis retira ses verres fumés. Il resta immobile un instant en me dévisageant puis finit par me sourire avant d'ajouter :

— Ah, c'est vous ! Je ne vous avais pas reconnue !

Ne sachant que dire, je me contentai de sourire et de tendre la main :

— Oui. Anne, Anne Bergeron. Enchantée... et désolée en même temps. Je ne sais pas ce qui m'a pris, j'attache toujours ma ceinture, et...

— Allez, ça va pour cette fois-ci. Tâchez de faire attention ! Bonne journée !

J'étais perplexe, mais si heureuse ! C'était la première vraie manifestation de gentillesse qu'il m'était donné de recevoir depuis notre arrivée. Non. Pas de gentillesse, les gens étaient plutôt gentils, mais c'était la première fois qu'on me traitait comme faisant partie de la communauté. Enfin !

J'étais tellement excitée que je racontai tout à Carl aussitôt qu'il franchit le seuil de notre maison. Il écouta mon histoire attentivement puis me raconta que le propriétaire du poste d'essence — celui-là même qui nous faisait toujours attendre avant de nous servir — était sorti presque en courant de son garage en voyant Carl arriver et lui avait fait la conversation en faisant le plein. Il avait même demandé de mes nouvelles ! Ça y était, ces gens commençaient enfin à nous accepter. Peut-être avaient-ils finalement eu pitié de nous, se disant que l'hiver était, à lui seul, bien assez rude !

Nous fêtèrent dignement ces petites victoires par un repas raffiné et bien arrosé. Un bon feu brûlait dans l'âtre et il régnait dans la pièce une douce chaleur. Je partis revêtir l'un de mes déguisements et installai la caméra au salon. Carl et moi aimions bien nous déguiser, parfois, pour immortaliser nos performances. En visionnant ces épisodes, nous avions l'impression qu'il s'agissait d'acteurs inconnus... Aussi je réapparus, ce soir-là, portant une longue perruque blonde et lourdement maquillée. Une minijupe de cuir rouge cachait à peine la toison brune de mon sexe et un soutien-gorge assorti relevait mes seins en deux pics presque obscènes. Je m'avançai devant la caméra d'une démarche étrangement élégante malgré les talons vertigineux de mes chaussures, balançant mes hanches généreuses et exhibant mes seins pressés l'un contre l'autre. Puis je me retournai pour faire dos à la caméra, le temps de remonter lentement ma jupe pour révéler mes fesses rondes. Carl vint me rejoindre et, enfouissant la tête entre mes seins rebondis, il mordit et lécha avidement, ses mains les faisant échapper de leur carcan. Par des gestes secs, presque brusques, il défit son pantalon, me retourna et m'inclina avant d'appuyer mes mains sur le mur. Puis, il s'enfonça en moi sans plus de préambule, saisissant mes hanches pour y cogner son bassin avec davantage de force. Je savais que, sur la bande qui s'enregistrait, mes seins libérés seraient projetés dans tous les sens ; je pourrais voir les fesses de Carl se tendre et foncer vers l'avant, son sexe s'enfouissant au plus profond de moi. J'eus envie de voir autre chose : mes propres fesses se tendre, écartelées devant l'assaut du membre de Carl. Saisissant donc sa queue d'une main, j'humectai, de l'autre, la vallée entre mes fesses de salive et de ma jouissance. Puis, son sexe solidement calé au creux de ma main, je le guidai lentement, tout doucement dans mon autre intimité, soupirant autant d'aise que d'appréhension devant sa lente progression. Carl haletait, tentant de s'imposer plus avant mais je le retenais, mes doigts broyant sa queue impétueuse. Je sentais son membre durcir ; ses testicules, hauts et gonflés, me semblaient être au bord de l'éruption alors que moi, lentement, je me dilatais davantage, accueillant cette invasion avec de plus en plus de plaisir. Carl m'empoigna les seins solidement, les agrippant comme pour s'y retenir, et je lui permis de me pénétrer plus loin, jusqu'à ce qu'il m'inonde d'un jet incroyablement chaud.

J'éteignis la caméra tout de suite et guidai mon amant vers le divan où nous restâmes blottis l'un contre l'autre une bonne partie de la nuit.

* * *

Du côté communautaire, j'eus la satisfaction de constater que les choses continuaient de s'améliorer. D'abord notre voisin, le boulanger, vint nous offrir de déneiger notre entrée. Puis le boucher, à qui j'avais demandé une pièce de viande, m'en donna une autre de qualité bien supérieure pour une aubaine, me souhaitant, avec un large sourire, de faire bonne chère...

De son côté, Carl, qui faisait une collecte auprès de ses collègues pompiers pour l'équipe de soccer, reçut plus d'argent que toutes les années précédentes réunies. Nous étions ébahis mais, malgré tout, quelque peu déçus, car nous venions d'apprendre que le contrat de Carl ne serait pas reconduit. Nous retournions «en ville» dès le printemps, juste au moment où tous nos efforts portaient enfin fruit!

Contrairement à ce que nous craignions, les gestes d'amitié à notre égard se poursuivirent même après l'annonce de notre départ. Par exemple, un soir que nous mangions à l'unique petit restaurant du village, quelle ne fut pas notre surprise de voir le propriétaire se joindre à nous, bouteille de vin à la main. Et que dire des collègues de Carl qui l'invitaient régulièrement à prendre une bière au petit bar? Nous commencions à nous demander s'ils étaient heureux de nous voir partir.

Je me rendais vaguement compte que c'étaient surtout les hommes du village qui se montraient si charmants envers nous. Mais, connaissant la nature féminine, je n'étais pas particulièrement étonnée. Je sais à quel point les femmes peuvent être méfiantes, méchantes, même envers leurs semblables!

Ce n'est que lors de notre dernier soir parmi eux que la source de ce revirement d'attitude, aussi soudain qu'inattendu, nous a été révélée. Nous étions au bar depuis un bon moment et avions reconnu plusieurs de nos «nouveaux amis», certains d'entre eux passablement éméchés. Je ne me rendais pas compte à ce moment-là qu'il s'agissait davantage de fans que «d'amis». Ce n'est que plus tard, lorsque l'un d'eux nous remercia d'avoir tant contribué à rendre cet hiver moins monotone et surtout moins pénible, que nous comprîmes.

Finalement, nous étions très heureux de quitter ce village le lendemain; j'aurais été incapable de continuer d'être si aimable! Car, dans mon énervement, quelques mois auparavant, m'étant empressée de demander à M. Latour de jeter un coup d'œil à notre chère caméra défectueuse, je n'avais pas réalisé que l'une de nos cassettes s'y trouvait toujours. Celle de la fameuse sucette.

Et qu'elle avait été très populaire auprès des villageois, cet hiver-là...

Un bon « petit monsieur »

Par un beau matin de printemps, frais et ensoleillé, je me rendais au centre-ville rencontrer un client important. Tout à coup, sur l'autoroute, la voiture se mit à cahoter. Des à-coups d'abord légers, mais qui devinrent inquiétants au bout de quelques instants. Puis, plus rien. Le moteur avait calé. Heureusement, j'avais eu le réflexe de me ranger sur l'accotement afin de ne pas bloquer la circulation. Je tentai de faire redémarrer la voiture, mais en vain, ce qui me fit échapper un juron. Elle n'était pourtant pas si vieille ! Je sortis de la voiture et ouvris le capot. Ce qui était tout à fait inutile... Je n'y connais rien en mécanique. En fait, je suis d'une nullité navrante en tout ce qui concerne les moteurs. D'ailleurs, ma femme me reproche continuellement ce manque de connaissances que souvent l'on considère innées chez les hommes. À chacun ses compétences...

Bon. D'abord, téléphoner au client pour remettre la rencontre. Ensuite, faire venir une dépanneuse. Je réalisai que je n'avais pas la moindre idée de l'endroit où je devrais faire remorquer ma traîtresse de voiture. Je ne retournerais certainement pas chez le concessionnaire qui me l'avait vendue, quelques années auparavant ; je le soupçonnais d'« inventer » des réparations uniquement pour m'extorquer de l'argent. En réalité, je n'avais pas eu beaucoup de chance, jusqu'à maintenant, avec les garagistes auxquels j'avais confié ma voiture. « Tous des arnaqueurs ! » comme se plaît à le répéter Claudine, mon épouse. Elle a visiblement un préjugé défavorable envers eux. C'est donc à moi qu'incombent les visites au garage. Cela m'agace, mais cela m'évite d'avoir à subir, chaque fois, la diatribe de Claudine se résumant ainsi : « Ils profitent du fait que nous n'y entendons strictement rien pour nous rouler. Tu te fais avoir, toi, un homme. Alors imagine moi ! »

Je me demandais toujours à qui faire appel quand je me souvins de Jean-Marc, mon beau-frère, qui me vantait souvent un petit garage qu'il avait découvert ; il ne tarissait pas d'éloges à son sujet, allant même jusqu'à dire que c'était le seul garage honnête qu'il connût. Jean-Marc était pourtant plus doué que moi en mécanique ! Cependant, je crois bien que les deux jeunes femmes qui y travaillaient influençaient l'appréciation qu'il en avait. Il me parlait souvent de l'une d'elles — Elga ? Olga ? enfin, un nom de ce genre. Comme je n'avais pas d'autre idée géniale, je lui téléphonai de ma voiture pour en obtenir le numéro de téléphone. Au moment où je raccrochais, après avoir griffonné les précieuses informations sur une ancienne contravention, je vis dans le rétroviseur une dépanneuse qui se garait derrière moi. Et quel hasard : le véhicule arborait le nom du garage favori de Jean-Marc ! Toute une chance ! En voyant sauter de la cabine du camion la personne qui me sortirait de ce pétrin, j'eus une surprise de taille, au demeurant fort agréable : une ravissante jeune femme en short ! Était-ce Elga-Olga qui s'amusait à conduire cet engin de temps en temps ? Peut-être ma malchance allait-elle s'avérer heureuse, après tout !

Ma première réaction, devant cette jeune femme éblouissante qui semblait correspondre à la description flatteuse de Jean-Marc, fut d'essayer de camoufler mon ignorance en matière de mécanique. Mais devant ma maladresse à lui expliquer ce qui s'était produit, je me rendis compte que c'était peine perdue. Elle posa sur moi un regard quelque peu hautain et me répondit :

— Ne vous en faites pas, mon petit monsieur. On va vous arranger ça !

« Mon petit monsieur »... La version féminine de cette expression, « Ma petite dame », faisait fulminer Claudine, surtout de la part de garagistes. À cause, sans doute, du ton légèrement condescendant. Elle aurait sans doute jubilé de me voir subir ce traitement qu'elle croyait réservé aux femmes ! Dans mon cas, je me contentai de hausser les épaules. Toute la condescendance du monde ne changerait rien à mon ignorance... et puis, si je devais me faire regarder de haut, autant l'être par cette jolie femme ! Car plus je la regardais, plus je pouvais apprécier sa beauté. Emmitouflée dans une épaisse veste qui cachait malheureusement le haut de son corps, la tête recouverte d'une casquette, portant un short de denim effiloché et des bottes de travail, elle était jolie à croquer. Ses yeux bleus comme un ciel d'hiver me subjuguaient, son sourire étirait également mes lèvres, quoique sans doute un peu idiotement.

Sans plus attendre, elle arrima ma voiture à la dépanneuse et je me retrouvai assis près d'elle dans la cabine. Elle retira sa casquette, laissant s'échapper une épaisse chevelure d'un blond cendré ravissant, et me conduisit jusqu'au garage. Après que je fus descendu, elle fit habilement reculer ma voiture à travers l'une des deux grandes portes avant de la détacher. Je vis alors une autre femme s'approcher de la première et toutes deux discutèrent durant un bon moment. La deuxième femme était tout aussi attirante que la première : blonde également, de la même teinte cendrée enivrante que celle de sa collègue, elle était aussi très grande. De longues jambes déjà bronzées mises en valeur par un minuscule short moulant... qui s'approchèrent de l'endroit où je me tenais, accompagnées d'un sourire éclatant qui m'aveugla momentanément.

— Bonjour ! Je suis Olga. Bienvenue à notre garage, bien qu'il soit dommage que ce soit de si fâcheuses circonstances qui vous aient emmené ici ! Ma collègue, Ingrid, va jeter un coup d'œil à votre voiture et elle vous dira ce qu'il faudra y faire. Elle en a pour une quinzaine de minutes. Je vous offre un café ?

J'acceptai volontiers et m'installai confortablement dans l'un des fauteuils qu'elle m'indiquait. De ma place je pouvais voir, grâce à la grande ouverture vitrée, Ingrid, ma bienfaitrice, qui s'affairait à vérifier jauges, tuyaux et soupapes. Quelle jolie vue ! Elle était penchée au-dessus du moteur, ayant retiré sa veste pour révéler une camisole moulante qui, même si elle était ornée de multiples taches de graisse et d'huile, n'en était pas moins agréable à l'œil. Ainsi repliée, elle me permettait d'admirer ses fesses généreuses et les jambes nues qui semblaient exagérément longues — et deviner sa poitrine qui tressaillait sans doute au-dessus de la machinerie encrassée. Olga m'apporta mon café en souriant, retourna dans son petit bureau un moment, puis alla prêter main forte à Ingrid. Toutes deux vissèrent, dévissèrent, cognèrent, palpèrent. Peut-être ne faisaient-elles pas que travailler ici... J'en conclus qu'elles devaient être les propriétaires de ce petit garage que j'appréciais déjà.

Au bout d'environ dix minutes — un bon point, elles étaient rapides ! —, Ingrid vint me trouver, s'essuyant méthodiquement les mains avec un linge relativement propre.

— J'ai peur d'avoir de mauvaises nouvelles... Le carburateur a besoin d'être remplacé. La pompe de l'accélérateur n'en a plus pour très longtemps non plus. Et, tant que j'y étais, j'ai vérifié les courroies et certaines sont plutôt usées...

Devant ma mine déconfite, elle s'empressa de continuer :

— Mais les courroies peuvent attendre un moment. Il n'y a pas d'urgence. Au pire, la pompe aussi. Mais pour le carburateur, je crois que vous n'avez pas vraiment le choix...

Je posai alors la seule question vraiment importante :

— Combien ?

— Écoutez, je pourrai sans doute vous trouver des pièces réusinées pour vous faire économiser un peu. Et puis, je ne vous facturerai pas le remorquage. Comme Olga n'est pas trop occupée, elle pourra me donner un coup de main, alors ce sera moins long donc moins cher en heures de travail. Ça devrait tourner autour de six ou sept cents dollars...

J'avalai péniblement. C'était une fortune ! Mais bon. Le remorquage gratuit, c'était déjà ça. Moins de salaire horaire, encore mieux. Et je n'avais pas besoin de pièces neuves pour cette voiture déjà un peu âgée. Aucun de mes garagistes précédents n'avait jamais tenté de réduire ainsi mes frais ; je soupçonnais plutôt le contraire ! Rassuré, je lui dis que j'étais d'accord et, devant la promesse qu'elle n'en aurait que pour une heure ou deux, je conclus qu'il valait mieux pour moi d'attendre mon véhicule. D'ailleurs, où aurais-je pu aller ?

Je me mis à mon aise, retirant cette fois mon veston — il régnait dans le garage une chaleur presque suffocante — et fouillai parmi les vieux magazines déposés sur une petite table. J'avais beau essayer, mais je n'arrivais pas à me concentrer sur ma lecture. Cette baie vitrée ne cessait d'attirer mon regard. Je commençais à comprendre réellement pourquoi Jean-Marc disait tellement de bien de cet endroit ! Au bout d'un moment, je risquai un regard : Olga était sous la voiture, je ne voyais que ses magnifiques jambes qui dépassaient. Les pieds de chaque côté des cuisses d'Olga, Ingrid se penchait sur le moteur, étirant parfois le bras pour atteindre un quelconque outil. La chaleur semblait également indisposer les jeunes femmes puisque je pouvais discerner, au bas du dos dénudé d'Ingrid, un miroitement de sueur qui causa un soubresaut dans mon pantalon. Au même moment, la porte de l'extérieur s'ouvrit et un jeune homme entra, portant une boîte. Un livreur, sans doute. Ingrid l'aperçut et le salua, lui adressant un sourire enjôleur en approchant. Elle échangea quelques propos banals avec lui — un flirt mal déguisé — signa un formulaire et retourna à ma voiture. L'homme, un solide gaillard, m'adressa un regard lourd de sens en claquant la langue :

— Dommage que je n'aie pas à venir leur livrer des paquets plus souvent ! Beau spectacle, n'est-ce pas ?

Sur un clin d'œil complice, il sortit et je retournai à ma contemplation. Il ne fallut que quelques instants pour que mon esprit atteigne son point d'ébullition et que je m'imagine, sans trop m'en rendre compte, un scénario intéressant : l'homme qui venait de sortir allait plutôt rejoindre Ingrid. Laissant son visage caresser les cheveux soyeux, il déposait ses larges mains sur les épaules de la jeune femme, les glissait le long des bras avant de les joindre enfin sur sa poitrine. Je m'imaginai les seins pétris, pincés, ondulant sous des caresses un peu rudes, la camisole retroussée, chiffonnée à la hauteur des aisselles. Puis les mains trouvaient la braguette du short et le faisaient descendre lentement, lascivement, pour en extirper, à force de caresses, d'attouchements, la chair emprisonnée ; je voyais le jeune homme se pencher, courbant le dos et tendant le visage pour assécher la sueur qui luisait sur ce postérieur de rêve avec sa langue et ses mains impatientes.

Confiné au rôle gratifiant de voyeur, mon membre totalement érigé, j'assistais aux gestes conquérants du mâle qui, saisissant les minces poignets de la jeune femme, aplatissait le buste voluptueux sur le capot crasseux de la voiture avant de s'introduire brutalement entre les cuisses écartées. Cette entreprise semblait aisée, l'intimité d'Ingrid sans doute mouillée, glissante, l'accueillant avidement tandis que les assauts cognaient de façon répétitive son bassin contre la carrosserie. Ici et là, des taches d'huile et de poussière maculaient le visage et le cou d'Ingrid, lui donnant une allure un peu sauvage, dure.

Olga roula alors le chariot sur lequel elle se trouvait entre les jambes de l'homme, juste au-dessous des testicules engorgés qu'elle massait d'un toucher expert. Son autre main, bien calée entre ses cuisses écartées, caressait son sexe à travers le short sous lequel je devinais une épaisse toison blonde... Elle admirait en silence, toute à son propre plaisir, le spectacle impromptu de la queue impétueuse s'enfonçant toujours plus loin au fond de son amie. Le trio me remarqua alors, le client oublié qui les observait derrière la grande baie vitrée. J'avais depuis longtemps baissé mon pantalon et étais prêt à me joindre à eux ; mais un autre livreur me devançait déjà. Je le voyais s'avancer résolument avant de s'accroupir entre les jambes brunes d'Olga, joignant sa main velue à celle de la jeune femme dans les replis de chair soyeuse. Je pouvais voir disparaître un à un les vêtements gênants de la belle Olga, puis mes yeux reconnaissants la voyaient se faire posséder à son tour. Ingrid s'emparait alors des testicules prêts à éclater abandonnés par Olga jusqu'à ce que le gaillard, égoïstement, se laissât aller à jouir en elle, cédant ensuite le corps trempé d'Ingrid à son copain pour jeter son dévolu sur une Olga tout aussi ruisselante. Infatigables, les deux hommes prenaient les belles mécaniciennes durement, presque brutalement, plusieurs fois chacune. Quant à moi, ma main massait mon propre manche qui avait atteint une taille record devant un spectacle d'une telle intensité. Je regardais leurs membres imposants s'enfoncer de plus en plus rapidement entre les cuisses des jeunes femmes insatiables qui, entièrement recouvertes de sueur, gémissaient bruyamment.

Un bruit me tira de ma rêverie. Ingrid venait d'échapper son outil et riait à gorge déployée avec Olga. Comme elles étaient belles ! Et comme il s'en fallait de peu pour que je succombe à l'envie de me dévêtir devant elles, exhibant ma fière érection, espérant une suite réelle au fruit de mon imagination enflammée. Peut-être accueilleraient-elles favorablement un changement imprévu dans leur routine de travail ? Peut-être même me démontreraient-elles les diverses possibilités de leurs nombreux outils ?

Préférant m'éviter toute humiliation inutile, je me faufilai aux toilettes et me masturbai frénétiquement, imaginant toutes sortes de positions et de combinaisons impliquant les deux jeunes femmes et des partenaires imaginaires. Je jouis abondamment et en silence, laissant mon fantasme se dissiper, dans la petite pièce proprette et agréablement parfumée.

Je réussis tant bien que mal à terminer ma journée. Mes pensées vagabondaient, ma queue trépignait. Ce soir-là, à table, je racontai mes mésaventures à Claudine — omettant bien entendu la façon dont j'avais trompé l'attente au garage. Je me contentai de lui dire que, suivant les conseils de Jean-Marc, j'avais trouvé des garagistes qui me semblaient honnêtes et que je n'hésiterais pas à revoir si le besoin s'en faisait sentir, ce qui ne saurait tarder compte tenu du diagnostic de la matinée. Claudine rétorqua :

— Honnête ? D'abord, qu'est-ce qui te fait croire que tous ces travaux sont vraiment nécessaires ? Tu n'y connais strictement rien ! Ces pseudo-économies ne sont probablement qu'une tactique pour te mettre en confiance. Comme tu peux être naïf !

— Mais non, je t'assure. Le dernier garagiste que j'ai vu m'avait bien parlé d'une pompe à remplacer. Et leurs prix sont raisonnables...

— Raisonnables ? Tu appelles ça raisonnable ? Tu sais, je crois qu'on devrait bien revendre cette voiture avant d'avoir d'autres problèmes et éviter que tu passes le plus clair de ton temps dans un garage. Tu as mieux à faire !

« Mieux à faire ? », me dis-je. Non, pas vraiment. Comme passe-temps, c'était plutôt bien. Et... stimulant.

— Écoute, je crois qu'on peut faire encore un bon bout de chemin avec cette voiture en l'entretenant convenablement. Et, crois-moi, j'ai le pressentiment que ces garagistes-là sont différentes...

Oups ! je m'étais échappé.

— Différentes ? Tes garagistes sont des femmes ?

J'acquiesçai, m'attendant à un flot de questions, plus compromettantes les unes que les autres mais, à ma grande surprise, Claudine se contenta de dire :

— Tu aurais dû le dire plus tôt ! Voilà qui me met en confiance. Des femmes ne songeraient pas à exploiter les gens de façon aussi éhontée que des hommes. Ce n'est simplement pas dans notre nature !

Je n'avais pas besoin qu'elle confirme ce que je savais déjà : j'étais convaincu que la belle Ingrid serait incapable de me rouler, et Olga non plus. Je le sentais. Ce n'était aucunement à leur avantage, de toute façon. Elles savaient sûrement que les clients se gagnent par le fameux « bouche à oreille » et peuvent se perdre de la même façon ! Je n'aurais d'ailleurs pas hésité une seconde à conseiller leur commerce à plusieurs de mes amis...

Je n'eus donc aucun mal à convaincre Claudine de ne pas vendre la voiture qui, pour le moment du moins, roulait comme une neuve. Et il en fut ainsi durant environ un mois, au bout duquel de petits problèmes commencèrent à se manifester. Il était temps, car elles commençaient à me manquer, mes deux mécaniciennes. Quand Ingrid m'annonça que la transmission était endommagée et que cela me coûterait au bas mot mille cinq cents dollars, je n'hésitai pas une seconde. Quand elle me déclara, deux semaines plus tard, que l'alternateur agonisait — ce qui me poserait de sérieux problèmes une fois l'hiver venu —, je la remerciai de sa vigilance et payai avec gratitude les six cents dollars requis. Elle me rappela enfin que les fameuses courroies ne pouvaient plus souffrir d'attendre et je l'autorisai à les remplacer sans tarder. En fait, c'était moi qui n'en pouvais plus d'attendre. Il me fallait les voir au travail, recouvertes d'huile et de sueur. J'en vins même à carrément négliger ma voiture, afin de devoir leur rendre visite. J'étais persuadé qu'elles n'effectueraient que les travaux nécessaires ; j'étais tranquille de ce côté-là. Question de confiance. Et je sentais qu'elles m'aimaient bien, moi leur bon « petit monsieur », car elles me faisaient parfois des petits « cadeaux » : lubrification gratuite, vérification du système d'échappement sans frais... Le bonheur, quoi ! Un mécano, c'est comme un médecin. Quand on en trouve un bon, on le garde !

C'est pourquoi je fus très déçu un matin, en lisant mon journal, de constater qu'un journaliste, ayant eu recours aux services de mes garagistes, les accusait de fraude. Ses preuves étaient pourtant bien minces ! Le lendemain, un deuxième article revint à la charge, révélant cette fois les témoignages de plusieurs clients mécontents. C'en était trop ! J'allais protester, les défendre, m'insurger contre une forme si flagrante de persécution ! Comme quoi même les gens les plus honnêtes deviennent souvent des cibles de choix ! Les articles publiés cette semaine-là réussirent à semer le doute chez suffisamment de clients pour nuire aux affaires du garage. Au bout de quelque temps, Ingrid et Olga durent fermer définitivement leur commerce.

Encore aujourd'hui, je suis certain que j'étais un de leur « bon » client, que si elles avaient effectivement été malhonnêtes envers quelques personnes naïves, ces gens, dont je ne faisais évidemment pas partie, avaient dû le mériter. Je le sentais. Question de confiance. Et puis, Claudine elle-même l'avait dit : des femmes ne songeraient pas à exploiter les gens de façon aussi éhontée que des hommes ; ce n'est simplement pas dans leur nature !

Nous avons finalement vendu notre voiture. Oh ! nous n'avons pas eu grand-chose en échange. L'homme qui nous l'a achetée ne m'a pas cru quand je lui ai parlé de toutes les grosses réparations que nous avions effectuées sur la voiture. Si j'avais pu le lui prouver, factures à l'appui, nous aurions sans doute pu obtenir un bon prix.

Mais je n'avais pas de factures. Ingrid et Olga ne m'en avaient jamais données. D'ailleurs, j'y pense : elles devaient pourtant me les faire parvenir par la poste... elles avaient dû oublier. Les pauvres, elles étaient tellement débordées. Toute cette paperasse si compliquée, les multiples formulaires à remplir pour les taxes, les cartes de crédit ! Une chance pour elles que la plupart de leurs clients, comme moi, étaient assez compréhensifs pour les payer en argent comptant...

Comme elles me manquent ! Et que ne donnerais-je pour les entendre me dire, encore une fois : « Ne vous en faites pas, mon petit monsieur, on va vous arranger ça ! »

UNE VOIX TROUBLANTE

Charlotte raccrocha le combiné avec un soupir excédé. Sa mère. Encore sa mère qui la surveillait. Elle avait bien cru, candidement, que, une fois passé son dix-septième anniversaire, sa mère lui ficherait un peu la paix. Mais non. C'était même pire que jamais. Marielle la traitait en bébé, ou, du moins, comme l'adolescente boudeuse qu'elle n'était plus depuis longtemps. Elle refusait même de la laisser seule à la maison pour un week-end — à dix-sept ans, quand même !

Cependant, Charlotte constatait chaque jour l'incroyable naïveté de sa mère. Elle pouvait parfois lui faire avaler les pires sornettes. Dieu sait qu'elle ferait une syncope si elle venait à découvrir tout ce que Charlotte avait appris grâce à Internet, ou si elle prenait conscience des occupations de sa fille et de ses amies. Elle qui avait presque fait une crise de nerfs quand Charlotte, à l'âge de seize ans, l'avait suppliée de lui permettre de prendre la pilule… En effet, Marielle semblait persuadée que Charlotte et ses copines menaient une vie plutôt tranquille. Certes, elle la voyait bien sortir avec des garçons, mais elle semblait croire — ou peut-être voulait-elle s'en convaincre? — qu'il ne se passait rien de bien menaçant. Charlotte croyait que sa mère la considérait comme une jeune femme (non, fille!) respectueuse et respectée, assez sage et toujours aussi timide qu'elle l'était enfant, et qu'elle ne semblait pas avoir vraiment conscience de la dépravation et de la perversité que pouvaient présenter le monde adulte. Ah! Charlotte la trouvait bien bonne! Depuis déjà quelques années, elle aurait pu lui en montrer, à sa mère, relativement aux dernières tendances en matière d'appareils de stimulation sexuelle ou de positions acrobatiques!

La gestion du budget familial était la source de la plupart de leurs disputes. Charlotte voyait bien que sa mère gagnait pas mal d'argent, mais il fallait toujours qu'elle se montre mesquine, ne lui accordant qu'une maigre somme comme argent de poche. Charlotte revendiquait souvent une allocation plus importante, mais la réplique était toujours la même: «Il est peut-être temps que tu te trouves un emploi, Charlotte. Tu pourrais faire ta part, toi aussi!»

«Oui, oui. Facile à dire, ça!» se disait-elle. Car les emplois offerts aux étudiants de son âge n'étaient pas très bien rémunérés. Les quelques sous qu'elle avait réussi à amasser l'été précédent s'étaient envolés en un rien de temps… en trois jours exactement, quand elle était partie à la mer avec Jasmine, sa copine de toujours. Il était d'ailleurs étonnant que sa mère ait permis ce voyage! Cette escapade avait été le théâtre du premier rave auquel Charlotte avait assisté. Depuis, elle surveillait les rares événements de ce genre, dont la logistique était malheureusement souvent trop compliquée pour qu'elle puisse s'y rendre.

En fait, ce premier rave avait marqué le début d'une nouvelle étape, la découverte d'importantes révélations. Elle s'était sentie comme si on lui enlevait des œillères. C'était ça, le vrai monde ! Et ce sentiment n'avait rien à voir avec le comprimé d'ecstasy qu'elle avait avalé au début de la soirée... Oui, bien sûr, la drogue avait agi comme elle le devait, lui permettant de s'abandonner à la musique, de danser comme si elle flottait à quelques centimètres au-dessus de la piste. Après que l'effet eut disparu, Charlotte n'avait pas été victime de la fameuse période de déprime qui suit généralement l'euphorie. Non. Elle venait de découvrir des centaines, peut-être des milliers de jeunes comme elle qui vivaient comme ils en avaient envie, qui semblaient sans contraintes, sans inquiétudes, libres comme l'air. Un univers fascinant lui était dévoilé.

C'est durant ce rave, aussi, qu'elle avait compris, pour la première fois, ce que son corps pouvait réellement lui procurer comme plaisir. Jusqu'alors, elle s'était contentée de profiter distraitement de son apparence, de ses petits seins fermes de jeune femme, de ses aguichantes fesses bien rondes, de ses minuscules hanches qui se balançaient, comme au son d'une musique imaginaire. Pourtant, elle avait déjà pu constater, plusieurs années auparavant, l'effet qu'elle pouvait produire sur les autres, en particulier les hommes d'un certain âge...

Charlotte n'avait que treize ans la première fois qu'elle

avait consciemment fait bander un homme. En effet, leur vieux voisin — il avait au moins quarante ans ! —l'épiait tous les soirs. Mais elle ne l'avait pas immédiatement remarqué… Elle aimait bien, à l'époque, danser dans sa chambre avant de se coucher et n'avait alors absolument aucune idée des regards qu'elle attirait déjà: la puberté semblait s'être manifestée sur son corps davantage que sur son jugement. Ce n'était encore qu'une enfant… en esprit, du moins. Quand elle s'était rendu compte de l'espionnage du voisin, elle avait pris un malin plaisir à s'exhiber davantage, choisissant de livrer sa «performance» à la même heure tous les soirs. Elle s'assurait de laisser les rideaux de la fenêtre ouverts et de se dévêtir un peu plus chaque soir, comme s'il s'agissait d'épisodes d'un feuilleton. Suite demain à la même heure... La proie était facile et pas nécessairement valorisante, mais le sentiment n'en était pas moins satisfaisant pour une si jeune fille. Sa stratégie avait fonctionné au-delà de ses espérances. L'homme avait marché, avait couru, même, jusqu'à sa propre fenêtre, s'y pointant en caleçon pour entretenir sa lubricité dans l'intimité de son salon.

Encouragée par ce premier succès, Charlotte raffina sa tactique et multiplia les victoires. Déjà, à quinze ans, dans toute sa naïveté d'adolescente, elle était devenue une experte de la séduction. Elle souriait impertinemment à des étrangers dans la rue, se déhanchait dans les centres commerciaux en affichant une assurance un peu feinte, flirtait même, d'une façon qu'elle croyait bien innocente, avec les pères de ses copines. Elle s'amusait également à trouver les numéros de téléphone des petits amis de sa

mère afin de leur haleter suavement des paroles déran-
geantes qu'elle espérait sensuelles. À en juger par leurs
réactions, elle atteignait facilement son but... Elle adorait
ces coups de fil impromptus auxquels participait Jasmine
en l'encourageant, en lui murmurant des mots suggestifs
dont elle ne comprenait pas toujours le sens... Mais elle aimait particulièrement les centres commerciaux. Car elle
pouvait lentement choisir des proies plus alléchantes. Elle
jetait presque toujours son dévolu sur des hommes mariés
ou, du moins, accompagnés, et exploitait tous les atouts
de son charme juvénile. Elle avait alors la satisfaction additionnelle de voir l'épouse ou la petite amie fulminer devant cette gamine qui se donnait des airs de femme fa-
tale... Parfois, ses victimes ne laissaient rien paraître de
l'émoi qu'elle suscitait. Mais elle savait. Elle savait qu'ils
la déshabillaient du regard, qu'ils rêvaient de caresser
cette peau trop douce — même s'ils ne l'auraient jamais
avoué à qui que ce soit.

Sa mère la croyait dans les boutiques de disques ou de
vêtements, choisissant les quelques rares articles qu'elle
pouvait s'offrir avec son argent de poche. Ce dont elle ne
se doutait pas, c'est que Charlotte et ses copines s'étaient
monté une garde-robe commune secrète. Car il aurait été
hors de question qu'elle quitte la maison avec ses chaussures à plates-formes vertigineuses, ses jeans moulants
et la mini-camisole qui ne cachait que le devant de sa poitrine. Les filles partaient donc de chez elles en tenue de
sport et se « transformaient », maquillage aidant, dans les
toilettes du centre commercial. Charlotte et ses copines
ricanaient tellement quand des amis ou des voisins les

croisaient sans les reconnaître, une fois leur métamorphose achevée ! Quant aux raves, Charlotte parlait à sa mère d'une « danse » — le genre de soirées auxquelles sa mère participait, elle, étant ado ! Cette dernière était bien satisfaite de la voir partir en portant une jupe sage, un t-shirt pas trop moulant et une queue de cheval. Quelle sotte ! Et comme elle lui accordait la permission de dormir chez Jasmine et que la mère de cette dernière ne se préoccupait pas vraiment de leurs allées et venues, Charlotte était tranquille pour la nuit.

Lors de ses différentes sorties, Charlotte ne portait guère attention aux garçons de son âge. Elle les trouvait tellement insignifiants ! Ils ne commençaient à être vraiment intéressants, selon elle, qu'aux alentours de vingt ans. Ce n'était pas une question « d'expérience » car, bien qu'elle ne fût plus vierge, elle ne recherchait pas d'aventures sexuelles. Non, elle ne recherchait que le défi. Car, à moins d'être carrément moches, toutes les filles pouvaient « capturer » n'importe lequel des garçons de leur âge. Il s'agissait simplement d'y mettre un peu du sien et de bien choisir son hameçon. Ils étaient tellement faciles à impressionner ! Non. Ce qui intéressait vraiment Charlotte, c'était de se sentir désirée par de « vrais » hommes, de constater leur vulnérabilité devant ses charmes même si, pour la plupart, ils ne s'intéressaient à elle qu'à un niveau fantasmatique, surtout dès qu'ils réalisaient son âge...

Cependant, elle n'avait nullement conscience des dangers auxquels son comportement pouvait l'exposer. Et la chance était de son côté, mis à part un épisode durant lequel elle faillit se faire coincer dans un corridor désert par le grand frère de l'une de ses copines. Elle avait réussi à s'échapper sans vraiment comprendre les conséquences possibles de ses actes et en était sortie encore plus convaincue et flattée de l'effet dévastateur qu'elle produisait sur la gent masculine.

C'est lors du rave américain qu'elle avait perdu sa virginité. Cette nuit mémorable où, en plus d'avoir découvert un monde de sensations liées en partie à l'ecstasy, Charlotte s'était sentie prête à explorer les multiples possibilités de son corps. La nuit était bien avancée, mais elle avait perdu la notion du temps. Tout ce dont elle était certaine, c'était qu'elle dansait depuis plusieurs heures sans ressentir la moindre fatigue, qu'elle n'était plus vraiment elle-même. Cette Charlotte-là était littéralement possédée par la musique, n'ayant nullement conscience de la sueur qui inondait son visage, qui collait ses vêtements à sa peau bronzée. Ce n'est que lorsqu'elle posait les yeux sur Jasmine qu'elle avait une idée de sa propre apparence. Celle-ci dansait, se déhanchait au rythme envoûtant, et Charlotte imitait son abandon, laissant la puissance des haut-parleurs prendre possession de son corps.

Les deux amies avaient rencontré Jacob et Damien alors qu'elles étaient encore un peu lucides, et le quatuor avait brièvement échangé des propos sur l'ambiance incroyable de la soirée, sur le sentiment de liberté et d'euphorie qui y était palpable. Charlotte était fortement attirée par Jacob, cet homme dans la trentaine qui la dévorait du regard. Tous les quatre étaient demeurés ensemble, et Jasmine avait jeté son dévolu sur Damien. Elle lui lançait des sourires enjôleurs, se l'appropriant par des regards soutenus. Jasmine, la délurée… Mais Charlotte n'était pas en reste. Jacob dansait près d'elle, frôlant son corps sans gêne, admirant ses mouvements gracieux, et Charlotte lui en mettait plein la vue. La minuscule camisole qui recouvrait sa frêle poitrine était trempée, ses petits mamelons aguichants frissonnaient à travers le mince tissu, non pas de froid, mais d'excitation. Elle dansait tout près de Jasmine, les deux filles se tenant fréquemment par le cou, se frottant l'une contre l'autre. Leurs corps se mouvaient d'eux-mêmes, ondulant, se courbant, se cabrant, leurs cuisses s'écartaient pour laisser leurs petites mains y glisser, avant de remonter caresser leurs hanches et leurs ventres plats. Elles se croyaient seules au monde, ignorant les hordes de danseurs, n'ayant de cesse que se procurer des sensations plus divines les unes que les autres.

Après avoir hésité brièvement, Damien enlaça Jasmine et l'embrassa lascivement, caressant ses seins presque dénudés et le couple s'éloigna, sur un vague sourire et un petit salut de Jasmine à sa copine. Jacob passa derrière Charlotte et lui encercla la taille, frottant son bassin contre les minuscules hanches, maintenant les fesses de la jeune fille contre son érection apparente. Charlotte en était flattée. Elle le laissa faire quand il entreprit de lui caresser les seins, aux yeux de tous, ses doigts s'insinuant sous la mince barrière colorée. Elle ne portait pas de soutien-gorge, et apprécia ce chaud contact en frissonnant davantage. Elle se pressa plus près de lui, ses fesses cherchant à se caler plus près de son membre dressé tout en imprimant un mouvement plus intense. Jacob lâcha un sein et glissa sa main sur le ventre de Charlotte, puis le long de sa hanche avant de s'insinuer entre ses cuisses écartées et frotter, dans un mouvement enivrant, la chair offerte sous sa courte jupe. Charlotte n'avait jamais rien ressenti de tel. Elle eut un sursaut, trembla un peu et s'abandonna finalement au plaisir que la main de cet homme qu'elle connaissait à peine lui procurait. C'était donc ça? C'était donc ce genre de plaisir que tout le monde recherchait? Elle commençait enfin à comprendre. Autre révélation : la sensation était exquise. Jacob la titillait, la touchant avec douceur et subtilité. Mais il lui fallait davantage. Elle voulait sentir ce doigt en elle déchirer la mince barrière de sa virginité, ressentir enfin ce plaisir de femme. Jacob prit doucement ses mains et l'entraîna lentement hors de l'immense piste de danse. Il la conduisit plus loin, là où quelques autres personnes s'étaient également réfugiées, et l'adossa contre un haut-parleur rugissant, l'embrassant, enfin, et plaquant sensuellement son corps contre le sien. Mais Charlotte, ayant aperçu Jasmine et Damien, voulait les voir de plus près : étroitement enlacés, ils s'embrassaient, se caressaient, se découvraient. Elle les regardait avec attention, presque concentrée, tentant de ressentir leur plaisir. Jasmine semblait en confiance, et Charlotte savait qu'elle n'en était pas à ses premiers ébats. Elle l'avait tant enviée! Maintenant, elle allait enfin pouvoir rejoindre son amie au rang sacré des filles «expérimentées», même si elle n'était encore sûre de rien. Damien s'accroupit devant Jasmine et cette dernière reconnut enfin Charlotte. Elle lui envoya son sourire angélique, complice, au moment où la tête de Damien disparaissait entre ses cuisses. Celle-ci se cabra, ses mains se refermant, dans un mouvement voluptueux, sur ses seins volumineux. Charlotte était captivée ; constatant son émoi, Jacob s'agenouilla devant elle à son tour et remonta sa jupe, lui permettant ainsi de partager l'expérience de son amie. Il embrassa longuement ses cuisses, repoussa la minuscule culotte et posa ses lèvres sur la mince toison brune de Charlotte. Elle était pantelante, mais se sentait également immense, solide, femme. Jacob l'embrassa, l'humecta, frotta, lécha, suçota et caressa patiemment, si bien qu'elle put sentir, mélangée à la salive de l'homme, une douce sève sourdre de son sexe. S'emparant de la main de Jacob qui reposait sur sa hanche, elle la guida entre ses cuisses, l'implorant de reprendre ses caresses précédentes. Il s'exécuta et, sentant une certaine résistance à l'entrée de son corps, l'interrogea du regard. Elle lui sourit en écartant davantage les cuisses, exprimant clairement son consentement. C'est ainsi que Jacob poussa son doigt impatient, doucement et habilement, et s'engouffra enfin dans la vierge moiteur de Charlotte. Elle hoqueta, surprise, puis se laissa aller à ce plaisir insoupçonné. Mais au bout d'un moment, ne sachant pas qu'elle aurait pu atteindre une jouissance plus intense, elle se dégagea et indiqua à son partenaire qu'elle voulait imiter Jasmine qui, à genoux devant Damien, avait englouti dans sa bouche le membre bien dressé. Jacob se releva et vint se tenir tout près de son copain. Charlotte prit place devant lui, tout contre Jasmine, un air de concentration intense se dessinant une fois de plus sur son visage, et engloutit le membre luisant dans sa bouche. Elle hoqueta à nouveau, mais pour des raisons entièrement différentes, cette fois : contrairement à Jasmine, elle n'en était qu'à ses débuts, après tout, et avait failli s'étouffer. Jacob guida doucement sa tête, frottant d'abord son gland contre les lèvres charnues de Charlotte, puis se glissa dans sa bouche attentive, lentement, centimètre par centimètre. Risquant un coup d'œil sur sa copine qui semblait prendre un immense plaisir à la tâche qu'elle accomplissait, Charlotte cessa dès lors de se concentrer. Elle oublia son ignorance, ses craintes de se montrer maladroite, et laissa Jacob lui imposer un rythme. Elle prit rapidement de l'assurance, refermant les lèvres autour du membre érigé et le chatouilla de sa petite langue, tout en l'aspirant de plus en plus profondément, de plus en plus rapidement. Mais, de toute évidence, ni Jacob ni Damien ne voulaient jouir ainsi. Après avoir échangé un regard, les deux hommes attirèrent les filles à eux et les guidèrent un peu plus loin, sur une butte gazonnée où elles s'étendirent, attendant la suite.

En guise d'encouragement, Jasmine prit alors la main de Charlotte et la serra très fort. Elle déposa même un petit baiser sur sa joue tremblante et regarda enfin Damien qui s'approchait. Jacob, quant à lui, se masturba un moment, prit la main de Charlotte pour lui inculquer la cadence souhaitée tandis qu'il sortait un condom de sa poche. L'enfilant adroitement, il questionna de nouveau Charlotte d'un regard fiévreux. En guise de réponse, elle l'attira plus près et l'embrassa. Ayant enduit un doigt de salive, Jacob le glissa en elle, inquisiteur, s'assurant que le passage était bien libre et velouté et provoquant quelques gémissements d'attente exacerbée. Finalement, il appuya son gland contre l'ouverture convoitée. Charlotte le regarda droit dans les yeux, serra la main de Jasmine dans la sienne puis releva un peu les hanches pour lui faciliter la tâche.

La première sensation que Charlotte ressentit fut la douleur; cependant, très vite, elle se concentra sur l'aisance avec laquelle Jacob glissait en elle, sur l'incroyable sentiment de plénitude qu'il lui procurait et sur la très satisfaisante impression d'être enfin — totalement et sans possibilité de retour en arrière — femme. Elle ne put retenir une larme au moment où Jacob jouit en elle. La cause lui en était inconnue, en fait. Un mélange de nostalgie, de plaisir, de satisfaction et de chagrin, sans doute… une douce mais brève confusion.

Cette première expérience rendit Charlotte avide. Avide de tout découvrir, de tout connaître. Après s'être rafraîchie un peu, elle retourna danser, encore plus énergique qu'elle ne l'était une heure auparavant. Elle dansait sans ressentir la moindre fatigue; en fait, plus les heures passaient, plus elle se sentait resplendissante. Le quatuor retourna sur la butte où Charlotte était devenue femme. Jacob lui enseigna alors plusieurs choses dont elle se servirait toute sa vie : comment le sucer de plus en plus adroitement; comment trouver elle-même les caresses qui la feraient jouir… elle en fut bouleversée. Elle laissa même Damien s'insinuer en elle, pour voir la différence. Elle le goûta aussi, alors que Jasmine dégustait Jacob…

Quels merveilleux souvenirs! Charlotte savait déjà d'instinct que ces moments précieux deviendraient des moments qu'elle chérirait longtemps. Sur le chemin du retour, après ces quelques jours d'apprentissage intensif, Charlotte était transformée. Elle savait enfin, de façon précise et concrète — quoique encore incomplète, elle en était consciente —, ce que les hommes veulent, ce sur quoi ils fantasment. Elle avait acquis une assurance qui se répercuta par la suite dans chacune de ses sorties. Bien qu'elle eût ressenti des plaisirs presque indescriptibles, Charlotte n'était pas prête à récidiver. Elle savourait ces souvenirs comme quelque chose d'irremplaçable, des cadeaux merveilleux qu'elle ne souhaitait partager avec personne. Elle connaissait trop de gens et, même si elle avait acquis une réputation un peu déplaisante auprès des autres filles de l'école, elle ne voulait surtout pas corroborer ces médisances. Non. Il valait mieux attendre. En contrepartie, elle perfectionnait ses techniques en se masturbant chaque fois différemment, en explorant... mais surtout en entretenant sa relation avec Jacob qui, grâce au téléphone qui abolit les distances, continuait à la fois de lui inculquer son savoir-faire et d'élargir ses horizons quant aux fantasmes masculins. Elle pouvait toujours compter sur lui pour « tester » ses nouvelles connaissances, du moins en théorie. Il lui téléphonait fidèlement le jeudi soir et servait joyeusement de cobaye aux expériences, de plus en plus imaginatives, de sa jeune amie. Il lui dictait également ses préférences et Charlotte, réceptive et souhaitant plaire, jouait le rôle qu'il attendait d'elle. C'est ainsi qu'elle devint, au fil de leurs conversations, capable de le faire jouir simplement avec sa voix et par les mots qu'elle choisissait et dont elle comprenait maintenant toute l'ampleur. Elle était capable de laisser échapper des remarques suggestives de la façon la plus vulgaire, devenant aussi dévergondée qu'une pute de fond de ruelle ; ou alors elle jouait les poules de luxe, l'abreuvant d'expressions à double sens, de mots subtils, émoustillants et de gémissements retenus mais empreints d'une intensité irrésistible. Oui, vraiment, Jacob était un professeur exemplaire... Il lui dictait également les gestes qu'elle devait poser sur son propre corps, les caresses qu'elle devait s'infliger, les images qu'elle devait évoquer. Des images de lui, surtout, mais aussi des images de toutes sortes. Elle comprit les attraits de l'imaginaire et tous les plaisirs qu'elle pouvait en tirer ; c'est d'ailleurs grâce à cette faculté illimitée qu'elle fit l'amour à Jacob malgré la distance qui les séparait, mais aussi à Damien et à une foule d'étrangers, qu'elle mettait en scène parfois ensemble, parfois séparément. Dans la réalité, elle introduisait divers objets en elle comme autant d'amants anonymes, portait des costumes variés, et subissait des orgasmes d'une intensité inusitée... Ces scénarios la laissaient toujours heureuse, comblée, comme si elle venait d'offrir une performance digne d'un Oscar. Et c'était bien souvent le cas, comme le lui confirmait Jacob, ébloui par la concupiscence de sa protégée ; mais elle jouait d'abord pour elle-même et pour Jacob, des rôles de femme perverse ou soumise, amoureuse ou profiteuse...

Quand elle se décida à confier la teneur de ces conversations à Jasmine, cette dernière devint toute excitée :

— Oui, tu as toujours eu un talent fou pour ce genre de truc. Je me souviens, il y a quelques années déjà... Alors maintenant... Eh ! Tu sais que tu pourrais faire un tas d'argent, comme ça ? Je parie que les filles qui ont des lignes de conversations érotiques font des fortunes !

Charlotte ne prit pas cette idée très au sérieux. Mais, malgré elle, la perspective de ramasser de l'argent de façon aussi facile et agréable lui trottait dans la tête. Toutefois, elle n'arrivait pas à se décider à entreprendre les démarches nécessaires. Elle allait abandonner l'idée tout à fait quand la solution apparut d'elle-même quelques jours plus tard, alors qu'elle feuilletait machinalement les petites annonces d'un journal. Son regard s'était égaré jusqu'à la section « personnel — services pour adultes ». Après tout, elle était presque une adulte, au sens légal du terme... Elle adorait lire ces lignes. Même si elle n'était pas prête à vendre son corps ou à danser nue... elles lui fournissaient simplement une source d'inspiration inépuisable qu'elle testait auprès de Jacob. Tout à coup, une annonce lui sauta au visage : « Voix troublantes et excitantes recherchées pour agence de conversations téléphoniques érotiques ». Tiens, tiens. Ce serait peut-être plus simple qu'elle ne le croyait, après tout. C'est sans hésiter qu'elle décrocha le combiné et composa le numéro de téléphone. Une dame à la voix suave lui expliqua en quoi consistait le travail. Charlotte était tout à fait enthousiasmée. Elle avoua à la dame qu'elle n'avait pas d'expérience « professionnelle » mais que son petit ami habitait suffisamment loin pour qu'elle eût amplement d'occasions de « pratiquer » ce genre de travail. Elle n'aurait qu'à imaginer Jacob au bout du fil, et le tour serait joué ! La dame lui expliqua qu'elle devrait passer un genre d'audition dès que possible, au téléphone bien entendu. Il suffisait de fixer une heure pour que Charlotte pût démontrer de vive voix ses talents à un client fictif. Préférant être seule à la maison à ce moment-là, elle choisit une heure où elle savait sa mère absente, dès le lendemain.

* * *

Charlotte misait le tout pour le tout. En revenant de l'école, elle se hâta de prendre sa douche et de réunir quelques objets dont elle aurait peut-être besoin pour son « audition » ; elle ne prit pas la peine de se revêtir, souhaitant pouvoir donner le ton juste à sa performance à l'aide de quelques caresses, au besoin. Elle ferma le store de la fenêtre de sa chambre, plaça le miroir à un endroit stratégique d'où elle pourrait s'admirer à son aise et médita quelques instants avant de téléphoner à l'agence. Elle s'imagina Jacob près d'elle et se sentit rassurée...

À l'heure convenue, elle composa le numéro. D'une bouche soudainement sèche, elle demanda à parler à son interlocutrice de la veille. Celle-ci lui fit part des directives ; elle lui conseilla de se détendre et la pria de choisir l'un des deux rôles proposés : la « toute jeune fille particulièrement délurée » ou la « voyeuse incorrigible ». Charlotte ne se posa pas vraiment la question, la « toute jeune fille particulièrement délurée » lui allait comme un gant. La dame lui expliqua ensuite que le client avec lequel elle allait la mettre en communication lui poserait des questions auxquelles elle n'aurait qu'à répondre en élaborant de son mieux. Elle conclut en lui souhaitant bonne chance et en l'informant que plusieurs personnes écoute-

raient la conversation, mais que seul le «client» partici-
perait activement à la conversation. S'assurant qu'elle
était prête, la dame mit Charlotte en attente. Puis, cette
dernière entendit une conversation feutrée entre quelques
personnes qui discutaient à voix basse; une femme et un
homme, ou peut-être même deux. Un homme à la voix
grave lui adressa enfin la parole :

— Bonjour... Comment t'appelles-tu, petite ?

Charlotte paniqua. Elle n'avait pas pensé à un nom
d'emprunt ! Elle ne pouvait tout de même pas donner le
sien... Sans plus réfléchir, elle répondit :

— Jasmine, et toi ?

— Appelle-moi Jean.

Le client demanda aussitôt :

— Et quel âge as-tu, chère Jasmine ?

«Toute jeune fille», se souvint-elle :

— J'aurai bientôt quinze ans...

— Et que fais-tu de tes journées, dis-moi ?

Après une brève réflexion, Charlotte se lança à l'eau.
Elle raconta à l'inconnu qu'elle allait à l'école, que c'était
terriblement ennuyant car les garçons de son âge ne l'intéressaient pas. Elle préférait des hommes plus mûrs.
Comme l'homme semblait apprécier, Charlotte décida de
broder quelques détails autour de la réalité, de l'enjoliver
pour le bon plaisir de son interlocuteur. Elle lui raconta le
premier rave où elle s'était «découverte», donnant moult
détails sur son dépucelage et tout ce qui s'ensuivit; elle lui
décrivit ensuite comment, avec ses copines, elle adorait
agacer les amis de sa mère au téléphone ou au centre commercial et comment elle devait parfois, lors de rencontres

particulièrement intéressantes, soulager son sexe enflammé par de furtives caresses aux toilettes. L'homme était tout à fait subjugué. Elle lui avoua même qu'elle était tout à fait nue, en ce moment, attendant quelqu'un comme lui pour libérer un peu de chaleur, mais qu'à défaut de quoi, elle n'avait d'autre choix que de se satisfaire elle-même... Enfin elle prit soin de détailler la chandelle qu'elle glissait en elle de plus en plus profondément, et rapidement, et qui la faisait haleter. Elle murmura comme une petite chatte, rit comme l'adolescente qu'elle était, se fit cajoleuse, audacieuse, séductrice. Après plusieurs longues minutes au bout desquelles elle était réellement excitée, l'homme reprit la parole :

— Je crois que tu as un talent remarquable, Jasmine. Ces quelques minutes sont bien suffisantes pour apprécier ton potentiel ! Je vais même te passer la patronne, Marielle…

Marielle ? Charlotte sursauta. Non, c'était impossible, n'est-ce pas ?

Et pourtant : C'était bien elle. Sa mère. Encore sa mère. Dire que, cette fois, elle n'avait même pas eu besoin de la surveiller...

FAIBLESSE PASSAGÈRE

Message à : laura@internet.ca   28/04/00 — 22:31
Objet : Tu me manques !

Chère Laura. Il y a si longtemps que je veux t'écrire ! J'espère que tu me pardonneras d'avoir tant tardé, mais tu sais à quel point ma vie ressemble à une course à obstacles ! Au fait, j'espère que tout se passe bien, là-bas, dans le Grand Nord. Je compte sur toi pour tout me raconter en détail même si tu sembles trouver le temps plutôt long... De mon côté, tellement de choses se sont passées depuis ton départ ! J'hésite à t'apprendre la nouvelle : depuis déjà trois semaines, François et moi sommes séparés. Peut-être n'est-ce que temporaire, et je l'espère. C'était cependant nécessaire. Tu sais qu'il nous fallait faire quelque chose, notre relation avait pris une tournure désastreuse. De l'éducation de Marie-Ève au manque de désir, tout allait mal. Je crois sincèrement que nous nous aimons toujours. Mais sans cette passion qui autrefois nous transportait, je ne sais plus si j'ai envie de continuer.

Oh ! Comme d'autres avant moi, j'avais cru que notre fille nous préserverait d'une telle dérive. Marie-Ève, notre perle, notre princesse, la concrétisation la plus positive de notre union. Marie-Ève sans qui la vie serait si terne ; cette puce qui sait si bien, du haut de ses quatre ans, nous faire voir l'essentiel, nous inciter à nous émouvoir de la beauté parfois anodine de tout ce qui nous entoure. Cependant, c'est Marie-Ève qui, dans toute son innocence, nous a transformés, François et moi, du couple d'amants passionnés que nous étions en parents responsables, tranquilles, un peu pantouflards et aux trop rares nuits d'amour effréné.

Je sais bien que rien n'est parfait, qu'on ne peut pas tout avoir et qu'un nombre incroyable de femmes, dont toi, donneraient tout au monde pour une fraction de ce genre de bonheur. Mais voilà. Je ne suis plus certaine de le vouloir, ce petit bonheur tranquille. C'est de la passion que je veux ! Des coups de tonnerre et des éclairs ! Le cœur qui bat la chamade, le corps qui tremble de désir. Certes, il nous est bien arrivé de retrouver cette passion de temps à autres. Mais pas pour très longtemps. Tu te souviens de la fois où je m'étais déguisée pour son anniversaire ? Ah ! c'étaient les beaux jours ! J'ai l'impression qu'on s'est perdu, que la transmission a été interrompue, que cette belle complicité s'est dissipée. Oh ! l'éloignement s'est fait lentement, insidieusement, on ne s'est presque rendu compte de rien. Jusqu'à ce que disparaissent le désir, l'envie de se plaire, les manifestations d'affection. Jusqu'à ce que s'installe l'indifférence, quoi. Et son travail, qui l'emmène toujours loin de moi quand j'ai le plus besoin de sa présence, n'arrange rien...

Et puis, j'en ai assez de toujours être celle qui cherche

les idées et les solutions, qui fait tous les efforts. Je souhaite de tout cœur que les choses finissent par s'arranger, entre nous. Toutefois, j'ai également envie de quelque chose de nouveau, d'excitant, de rafraîchissant. Je refuse de croire que je ne goûterai plus jamais au désir indescriptible, au plaisir insoutenable, à la passion échevelée...

Voilà donc où nous en sommes. Côté pratique, ma vie de « séparée » se passe plutôt bien, mais Marie-Ève semble un peu inquiète. Comme nous n'avons pas voulu dramatiser, François et moi lui avons simplement expliqué, chacun de notre côté, que maman et papa devaient vivre dans des maisons différentes pour un petit bout de temps afin de régler quelques problèmes. François est installé chez Stéphane, pour le moment. Depuis, la puce passe d'un endroit à l'autre selon son humeur, enfin presque, rien de vraiment organisé. Heureusement, elle voit tout ça encore comme un jeu...

Comme j'aurais aimé te raconter tout ça de vive voix ! Écris-moi vite...

Message à : laura@internet.ca   09/06/00 — 23 : 08
Objet : Des nouvelles — enfin !
Salut ma presque sœur,

Tellement de choses à te raconter depuis mon dernier message ! Merci de ta réponse, brève mais rassurante. Désolée de constater à quel point tes journées sont monotones. Je tâcherai de te distraire... et disons que ça tombe plutôt bien.

Il se passe quelque chose de spécial, depuis quelque temps. Peut-être devrais-je attendre avant de te raconter ceci, mais comme je sais que tu aimes bien partager avec moi mes états d'âme — surtout en ce qui a trait aux choses de la chair ! —, je me jette à l'eau. Alors voilà. Il y a un nouvel employé au bureau... et c'est quelqu'un de très séduisant...

Je t'entends me dire quelque chose du genre : « Ah ! Gabrielle, qu'est-ce qui se passe encore dans ta petite tête ? Dans quel pétrin vas-tu encore te retrouver ? » Et tu as raison, mais seulement dans une certaine mesure, car je n'ai pas l'intention de faire quelque folie que ce soit. Du moins, rien de compromettant. Encore que... je sens bien que je suis peut-être en train de me faire prendre à un jeu très agréable. Oui, ce n'était véritablement qu'un jeu, il n'y a encore que quelques jours...

J'ai eu tout un choc, lors des présentations. Je lui ai serré la main, comme le veulent les bonnes manières, et lorsque j'ai levé les yeux vers lui, son regard m'a transpercée. Laura, je te le jure, c'est comme si un courant électrique, si fort qu'il était presque palpable, était passé entre nous. Le légendaire coup de foudre ? Je n'en sais rien, mais qui sait… Pendant un bref instant, j'ai tout oublié et je me suis perdue dans le vert de ses yeux. Cliché, hein ?

Malgré mes réticences initiales, je n'ai pu ignorer le poids de son regard sur moi ; le jeu de la séduction s'est amorcé dans les minutes et s'est poursuivi durant les heures qui ont suivi les présentations. Ah ! Quel bonheur de constater que je parviens encore à faire naître des fantasmes ! Quel plaisir de faire tant d'effet à un homme ! En fait, l'attirance semblait si forte que, dès la fin de la semaine, je l'aurais cru prêt à tout pour passer ne serait-ce qu'une seule nuit avec moi. Te rends-tu compte du bien que cela a pu me faire ? Quel baume sur un cœur qui, comme le mien, voit les années s'accumuler beaucoup trop vite !

Il y a déjà deux semaines de cela, Laura. Deux semaines durant lesquelles le désir s'est intensifié sans que j'y puisse quoi que ce soit. Des journées entières emplies de regards ardents dérobés en silence ; puis aux regards se sont ajoutées, presque imperceptiblement, des mains qui s'égarent — discrètement mais à l'effet nucléaire ! — sans rien laisser paraître, effleurant tantôt une hanche, tantôt la taille… ou encore un sein ou une fesse. Des touchers si subtils qu'ils auraient pu n'être qu'imaginaires… si ce n'était des traces indélébiles qu'ils laissaient sur ma féminité enfiévrée. Des journées entières à imaginer sa bouche sur mes seins, ses mains agrippant mes hanches pour me frotter contre son sexe ardent…

Tu veux que je te tienne au courant des développements, s'il y en a, ou préfères-tu que je te laisse sombrer dans un ennui aussi terne que le paysage qui t'entoure ?

Message à : laura@internet.ca   23/06/00 — 23 : 47
Objet : Suite du téléroman de Gabrielle !

Ah ! quelle joie de savoir que tu as envie de connaître la suite ! Tant d'insistance de ta part ! C'est vrai que je t'ai souvent raconté mes péripéties amoureuses et que tu as toujours semblé apprécier… Il y avait si longtemps !

Cette dernière aventure — heureusement pour toi, mais peut-être pas si heureux pour moi — n'est pas encore chose du passé. Et non, je ne suis pas revenue à la raison…

Où en étais-je, déjà, dans mon dernier courriel ? Ah oui ! Je commençais à vraiment m'accrocher et à fantasmer sur ce gars-là, le « petit nouveau », comme nous l'avons surnommé. Car les petites attentions dont il était alors question, décidément de moins en moins innocentes, se sont transformées, au jour le jour, en de petits plaisirs dérobés en vitesse, en cachette. Des étreintes brèves, mais combien passionnées, qui ont tôt fait de me laisser pantelante, molle comme une poupée de chiffon, m'obligeant à soulager mon ventre en feu sur-le-champ… Imagine ! Je n'ai plus d'autre choix que de me réfugier dans mon bureau, la porte close, afin d'imaginer que c'est lui, ses mains et son dard — et non ma main tremblante — qui s'insinue entre mes cuisses et me fait ruisseler, tremblante de désir. L'autre jour, en partant du bureau, je me suis même caressée dans la voiture. Te rends-tu compte ? En conduisant ! J'avais remonté ma jupe et pensais à combien j'aimerais qu'il me touche, là, tout de suite, afin qu'il puisse constater à quel point je l'espérais. Laura, je n'ai jamais rien connu de tel.

Il m'a embrassée, l'autre jour, de ses lèvres à la fois douces et exigeantes. Un baiser comme on n'en voit qu'au cinéma. Je me sens minuscule dans ses bras et quand il me serre contre lui, j'ai l'impression que je vais casser. Ou fondre. Ce jour-là, sa langue fouillait ma bouche, ses dents mordaient mes lèvres, mon cou. Je te jure, j'avais les seins qui brûlaient, l'entrejambe qui palpitait. Ça t'est déjà arrivé, à toi ? Je suis certaine qu'il n'aurait fallu qu'une toute petite caresse de rien du tout pour que je jouisse comme une démente. Ça devient alarmant, hein ?

Oh! tu te doutes bien que cette situation me met dans l'embarras. Ce désir incandescent ne fait rien pour m'éclaircir les idées! La dernière chose que je souhaite, en ce moment, c'est retrouver cette espèce d'ennui qui nous a séparés, François et moi. Tout ce qui m'importe, c'est vivre cette nouvelle passion de tout mon cœur, la faire durer le plus longtemps possible, savourer cette adrénaline qui m'emplit les veines chaque fois qu'il me regarde. Je me doute bien que celle-ci est aussi éphémère que toutes les passions du monde, mais c'est si bon, si valorisant!

En fait, je sens qu'il me serait facile de déraper... Le soin que je prends à m'habiller et à me coiffer, chaque matin! Je n'avais pas fait ça depuis des années. Cependant, même si je n'arrête pas d'imaginer ce corps splendide entre mes draps et auquel il me serait si facile de succomber, je tiens à te rassurer, j'ai la situation bien en main. Tout est sous contrôle. Pour le moment.

J'ai bien peur, cependant, que certaines paires d'yeux nous aient surpris à un moment inopportun. Et je sens de plus en plus de regards lourds de la part de mes collègues, toujours amicaux mais teintés d'envie. Certaines d'entre elles trouvent peut-être que mon mari, même si elles ne l'ont jamais rencontré, a été bien vite remplacé. Peut-être aussi que je me fais des idées. Qu'en penses-tu?

À bientôt, j'espère...

Message à : laura@internet.ca   02/07/00 — 01:14
Objet : Au secours
Salut Laura! Tu as raison. Peu importe ce que mes

collègues peuvent bien penser. Ça ne les regarde pas du tout. Oui, oui, j'ai bien compris ton avertissement : j'essaie de garder la tête froide... Mais puisqu'il est question de contrôle, je dois avouer que je commence à le perdre, le contrôle, même si j'étais, encore récemment, convaincue qu'il n'en serait rien. Il me hante. L'homme ou le jeu ? Je n'en sais trop rien. Et ce n'est pas du tout important. Chaque soir, je me couche en ayant hâte au lendemain, hâte de voir cette flamme de désir danser dans ses yeux aussitôt qu'il les pose sur moi et me déshabille du regard. Je me sens alors irrésistible, toute-puissante, et ce sentiment agit sur moi comme une drogue, plus puissante que n'importe quelle autre, une drogue impitoyable qui me fait oublier presque tous mes beaux principes. Je ne peux plus retenir le flot abondant d'images qui m'inondent la tête quand je pense à lui, des images qui m'excitent, d'un désir d'une violence inouïe. Je parviens à peine à distinguer mes fantasmes de la réalité... car je deviens, sans vraiment m'en rendre compte, de plus en plus téméraire, posant des gestes dictés par mon désir, pas nécessairement par ma raison.

Je veux sentir la texture de sa peau sous mes doigts... goûter son cou, sa gorge, son ventre, sa queue... Me permettrait-il de le chevaucher comme j'en ai tellement envie, ou préférerait-il me dominer ? Je n'aurais sans doute qu'un mot à dire pour le savoir. Mais il n'est pas question de l'inviter à la maison. Pas encore. Je préférerais un endroit plus neutre, dans lequel nous ne serions, ni lui ni moi, familiers. Un endroit n'ayant aucun écho du passé, aucun fantôme. Où se retrouvent donc les amants clandestins? J'imagine que c'est pour ça que les motels existent et qu'on peut souvent y louer une chambre à l'heure...

Tu vois, c'est le genre de divagation qui peuple mes journées. Constamment. Je ne peux y échapper. Je tente de me concentrer sur mon travail. Dieu sait que j'ai pris du retard, ces derniers temps! Mais je n'y arrive pas. Je ne sais plus du tout où donner de la tête...

Aide-moi!

Message à : laura@internet.ca   08/07/00 — 20 : 09
Objet : Ton dernier message

Merci de ne pas condamner mes agissements pourtant discutables. Tu sembles aussi ambivalente que moi... Je sais que tu aimes bien François et que tu aimerais que les choses s'arrangent entre nous... cependant je te reconnais bien quand tu me conseilles de foncer, de voir ce qui va se passer... c'est le moment ou jamais, c'est vrai... Mais tu sais, chère amie, je crois que ce dénouement était inévitable, que je n'ai jamais eu le choix de « foncer » comme du dis. C'est plus fort que moi. Car il s'est passé autre chose hier soir...

La soirée se déroulait fort agréablement, toute la bande du bureau était là, animée et joviale, dans ce bar bondé à la musique envoûtante pour célébrer la promotion de Louise. Nous avons bien ri, papoté et dansé. Peu à peu, cependant, et comme je l'espérais, le groupe s'est clairsemé jusqu'à ce qu'il ne reste que lui et moi. Seuls parmi une foule d'inconnus. Un homme et une femme que les autres clients prenaient sans doute pour un couple particulièrement passionné, dansant langoureusement au rythme de la musique, se caressant mutuellement jusqu'à frôler l'indécence.

J'avais abusé de la tequila et la musique circulait dans mes veines, comme une énorme coulée de lave, balayant tout sur son passage. Je savais que je ferais mieux de rentrer, je me demandais si les choses devaient aller plus loin. Mais il était déjà trop tard. Ses yeux brillaient d'une lueur inhabituelle, presque conquérante. Je me sentais ivre, légère, comme si je flottais et qu'il me tenait par une ficelle, choisissant lui-même de me laisser voler au gré du vent, ou de me ramener à lui. Et je l'ai laissé faire. Résultat : durant quelques heures, j'ai tout oublié : travail, difficultés conjugales et même Marie-Ève. Rien de tout cela n'avait d'importance. Seulement ses mains qui glissaient le long de mon corps, qui parcouraient avec insistance mes courbes, d'ailleurs avantageusement moulées dans une courte robe noire. Ses doigts glissaient souvent sur mes cuisses, sous l'ourlet de ma robe, provoquant frisson par-dessus frisson.

Je me souviens vaguement de m'être rendue aux toilettes pour retirer ma culotte ; je l'ai chiffonnée avant de la fourrer dans mon sac. Je venais à ce moment-là de franchir une étape importante, de traverser la mince limite entre fantasme et réalité. Me frottant tout contre lui, je lui ai confié ma nudité et il m'a immédiatement entraînée dehors, jusqu'au petit parc avoisinant. Là, étendus sur l'herbe dans l'obscurité, nous nous sommes caressés, nous nous sommes fait jouir mutuellement. Nous avions tout notre temps, mais nos attouchements n'étaient qu'urgence. J'ai joui beaucoup trop rapidement. Ses doigts ont constaté l'effet que ses baisers avaient sur mon corps ; il m'a touchée, m'a agressée et puis il a osé… Il a osé lécher, sucer, mordiller. Depuis le temps que j'espérais de telles caresses, je n'ai pu que goûter la douce tiédeur de sa langue avant que mon ventre se liquéfie, libérant un peu de la tension accumulée depuis déjà plusieurs semaines.

Comment te décrire cette sensation divine ? Sa bouche si douce, son corps sublime ? Et cette chair ferme, cette peau un peu rugueuse aux muscles saillants ? Ah ! c'en était trop. J'ai voulu lui rendre la pareille et ai glissé son membre tendu à l'extrême dans ma bouche. Je l'ai léché avidement, lui démontrant, par les caresses de ma langue et de mes lèvres, à quel point je voulais lui plaire. Je crois bien qu'il avait attendu ce moment avec autant d'impatience que moi car, après seulement quelques minutes de ce manège, il m'a aspergé la gorge de sa jouissance avant de se retirer, un peu gêné. Je me suis glissée à nouveau tout contre lui, l'embrassant avec passion. Nous sommes restés là quelques instants, silencieux. Puis il a recommencé à me caresser, lentement d'abord, puis avec insistance et j'ai réalisé, avec plaisir, qu'il était dur à nouveau, prêt à poursuivre là où les choses ne s'étaient pas encore rendues. Il aurait été si facile de succomber totalement, là, dans la moiteur de cette soirée. J'aurais pu le laisser venir en moi, sentir enfin sa chaleur à l'intérieur de mon corps ; il n'attendait que cela, et c'est tout ce que je désirais aussi. Mais à ce moment précis, je me suis comme éveillée. Tout le poids de cette nouvelle réalité m'est tombée dessus : j'étais dans un parc, avec un homme, en train de faire l'amour en public ! N'importe qui pouvait passer par là et nous surprendre. Et puis tout se brouillait dans ma tête. Quelle tournure prendrait ma relation avec François, maintenant ? Si j'abdiquais, ici dans ce parc, quelles seraient les répercussions ? Étais-je prête à assumer les conséquences ? Tout à coup, j'ai su que je devais partir. Je ne pouvais pas me permettre ça, enfin, pas tout de suite. Les enjeux étaient trop élevés. Il m'avait vue jouir, oui. Il m'avait entendue gémir, soit. Je lui avais prodigué des plaisirs très intimes, bon, peut-être, mais il ne s'agissait encore que d'un simple écart de conduite, d'une faiblesse de ma part.

Les effets de l'alcool soudainement envolés, j'ai réussi à me relever sans trop laisser paraître mon tumulte intérieur. Savourant tout de même quelques caresses ultimes, je me suis rendue à ma voiture. Prenant place au volant un peu gauchement, je suis retournée chez moi dans un état second, revivant chaque instant de ce qui venait de se produire, de ce qui aurait pu se produire et qui finalement ne s'était pas produit, du moins pas tout de suite. C'était soudainement très clair dans ma tête : j'avais besoin de me concentrer et de penser à ma vie sans tout mélanger. Je me suis réfugiée sous la douche en arrivant à la maison et y suis restée un bon moment. Puis, contrairement à ce que j'appréhendais, je me suis endormie d'un sommeil de plomb.

J'en suis là. Et je suis plutôt fière de moi, d'avoir réussi à résister. Mais pour combien de temps ? À très bientôt, j'en suis certaine...

Message à : laura@internet.ca   12/07/00 — 00:17
Objet : Suite des nouvelles...
Chère Laura,
Je constate avec plaisir que mon brouhaha intérieur s'estompe. Je commence à y voir plus clair, à savoir ce que je veux. Ce désir irrationnel que j'ai vécu ces dernières semaines m'a certes fait le plus grand bien. Je me sens toujours belle, attirante, bien dans ma peau. C'est vrai que j'ai eu la chance de ne pas trop voir mon nouveau collègue depuis notre dernière escapade et ça m'a remis les idées en place... je crois qu'il a lui aussi du travail à rattraper, le pauvre. C'est peut-être mieux ainsi !

Message à : laura@internet.ca   14/07/00 — 22:21
Objet : Oups. Petite rechute...
Enfin tranquille. Comme j'avais hâte que cette soirée s'achève pour pouvoir t'écrire ! Cet après-midi, alors que je m'apprêtais à quitter le bureau pour la fin de semaine, l'interphone a sonné. C'était lui. Je l'ai reconnu tout de suite et ai aussitôt senti le rouge me monter aux joues. Il m'a avoué penser à moi sans arrêt, il a insisté pour que nous trouvions un moment pour nous voir, ne serait-ce qu'un instant. Sa voix était de pure soie, veloutée, mielleuse. J'avais les jambes molles. J'ai tout de même trouvé la force de lui dire que c'était encore trop tôt, qu'il valait mieux, tant pour lui que pour moi, laisser passer encore un peu de temps et voir comment les choses se dessinaient, et toutes les autres sornettes que je me raconte sans trop y croire depuis une semaine. Il a fini par raccrocher, promettant qu'il me téléphonera à nouveau... J'espère

qu'il ne le fera pas tout de suite. Je l'attends désespéré-ment, mais je sens aussi que cette attente est essentielle car je me sens encore fragile. Vulnérable. Cet appel m'a tout ramené en mémoire... il sait exactement quoi dire pour m'émouvoir...

Tu crois que je pourrai résister beaucoup plus long-temps ? Je t'entends pouffer de rire malgré la distance. Non, je ne le crois pas non plus... On verra bien !

Message à : laura@internet.ca   16/07/00 — 00 : 02
Objet : Je ne sais plus

Maintenant ça y est. J'assume. Je veux être avec lui nuit et jour et je sais qu'il veut la même chose. Et si ce n'était que de courte durée ? S'il fallait que le désir s'estompe au bout de quelques semaines, je deviendrais folle. De plus, il y a Marie-Ève. Je dois tenir compte de ses besoins, de ses attentes, et surtout la préserver autant que faire se peut de tout chambardement inutile. Mais je ne peux plus ignorer, réprimer ce désir. J'ai *besoin* de faire l'amour avec lui, *besoin*, une fois pour toutes, d'être avec lui et d'oublier tout le reste. S'il me téléphone de nouveau, j'accepterai de le voir. Je n'ai qu'à être prudente avec Marie-Ève.

Souhaite-moi bonne chance...

Message à : laura@internet.ca   18/07/00 — 19 : 01
Objet : Trop tard !

Ouf ! Je ne pouvais attendre plus longtemps avant de te « parler ». Demain. J'ai rendez-vous demain, à la chambre numéro 17 d'un motel de la banlieue. Mon Dieu ! Vais-je encore changer d'idée d'ici là ? Comment pourrai-je jouer avec Marie-Ève ce soir ? Elle est dans son bain, elle m'attend, toute souriante. Elle me demandera sans doute comment s'est passée ma journée... Et demain, elle se passera comment, ma journée ? C'est sûr, je ne fermerai pas l'œil de la nuit !

Je te raconterai...

Message à : laura@internet.ca   19/07/00 — 23 : 49
Objet : Suite et fin
Salut, Laura.

Je ne sais pas par où commencer, je ne sais pas quoi te dire, quoi conserver dans mes souvenirs à tout jamais.

Je ne me suis pas dégonflée, je l'ai rejoint au motel « Le Boisé ». L'endroit était tout à fait comme je me l'imaginais et, grâce à sa délicate prévenance, je n'ai pas eu à passer à la réception pour réclamer une clé et subir les regards libidineux de l'employé de service. Je me suis rendue directement à la chambre, me demandant si les quelques pins chétifs qui ornaient le fond du stationnement étaient « le boisé » auquel le nom fait allusion... Quelle question idiote à me poser à un moment pareil !

Je n'avais effectivement pas fermé l'œil de la nuit et j'avais les nerfs à fleur de peau. Je me sentais comme une écolière prise en défaut. S'il avait fallu que je croise quelqu'un que je connais, ou que l'on m'eût vue entrer ici ! Mais plus j'approchais, plus je me détachais de toutes ces considérations pour ne penser qu'à ce qui m'attendait. Je m'offrais le luxe ultime d'une partie de jambes en l'air avec un homme — et quel homme ! —, au beau milieu d'un après-midi de semaine, alors que j'aurais dû être au travail, et je n'avais aucun remords! Je n'éprouvais à la fois qu'une certaine curiosité et l'étrange désir que tout soit fini afin de revivre cette journée en rêve à l'infini. Et surtout, j'étais en proie à une excitation terrible, un désir presque étouffant. J'ai agonisé, hier soir, lors du choix des vêtements et, surtout, des sous-vêtements que j'allais porter! J'ai mis un temps fou à me préparer ce matin, de la douche interminable au maquillage impeccable. Fin prête à me laisser aller à goûter au fruit défendu, j'étais comme détachée de moi-même. Je n'avais plus le moindre scrupule mais, en rangeant la voiture devant la porte 17, mon pouls s'est accéléré davantage alors que mon ventre se nouait de désir. Les deux coups frappés à la porte étaient si discrets que je fus étonnée de la voir s'ouvrir sur son visage presque grave. Ses bras se sont aussitôt refermés autour de moi, m'emprisonnant comme si j'avais eu l'intention de m'enfuir. Claquant la porte derrière moi, il m'embrassa enfin rudement, écrasant mon corps contre le mur. Je fermai les yeux, mon esprit enregistrant malgré moi les lampes criardes, les murs aux tons pastels et le tapis mal assorti, l'édredon orné de brûlures de cigarettes et l'odeur d'eau de Javel; puis, ces pensées ont sombré, faisant place à un plaisir intense, une urgence incontrôlable. Trop pressés pour retirer nos vêtements, nous avons tiré, poussé, déboutonné avec tellement d'impétuosité que des boutons se sont arrachés, nos sous-vêtements se sont déchirés. Mais peu importait. Il fallait que nos peaux déjà humides se frottent enfin, que son sexe dur comme fer qui se pressait, impatient, contre mon ventre m'envahisse. Il m'a dirigée brutalement, presque poussée vers le lit où je me suis retrouvée étendue, haletante, les jambes largement écartées. Léchant deux doigts, je les ai glissés entre mes cuisses, frottant la chair gonflée, les insinuant profondément. Sa main ferme a repoussé la mienne et, sans attendre, il a enfin plongé en moi. Ce que nous attendions tous les deux depuis si longtemps se produisait enfin. C'était indescriptible ; j'ai su immédiatement qu'il m'aurait été impossible de nier ce besoin, que ceci était nécessaire ; je pouvais même d'ores et déjà prédire que nous reviendrions à ce motel miteux. Très bientôt. Je l'ai aspiré profondément, jusqu'à ce que je puisse sentir sa queue cogner tout au fond de moi, mes jambes l'attirant sans cesse contre mon corps, le guidant plus loin, plus violemment. Je voulais qu'il m'emplisse, qu'il me malmène enfin, je voulais avoir mal, n'avoir plus rien à attendre de lui, plus rien à espérer. Me retournant, je lui ai présenté ma croupe rebondie ; il replongea profondément avec bonheur et me posséda violemment, durement, sans répit. Ses mains me serraient les épaules, m'attirant, me faisant glisser le long de son membre exigeant. Il empoigna mes seins qu'il écrasa, les agrippant comme pour les aplatir. Comme des animaux nous avons sué, gémi, haleté... et trop rapidement, comme s'il ne pouvait en être autrement, nous avons joui chacun de notre côté, trop conscients de l'intensité intolérable de notre propre plaisir.

C'est le souffle court que nous nous sommes blottis, toujours silencieux, l'un contre l'autre durant un moment, un trop bref moment de tranquillité, avant que l'immensité de ce que nous venions d'accomplir nous atteigne.

J'étais bouleversée, épuisée et je le sentais distrait, vaguement inquiet. Nous savions que nous ne pouvions pas rester ici. Nous mesurions les conséquences de ce que nous venions de vivre et, de toute évidence, nous aurions eu envie de demeurer là, ensemble, pour la nuit. Mais nous devions tous les deux retourner au boulot, et il y avait Marie-Ève... Avec un immense soupir, nous nous sommes détachés l'un de l'autre ; doucement, il m'a habillée comme une enfant, et j'ai renoué sa cravate. Nous nous sommes quittés sur un baiser langoureux, une étreinte pleine de sous-entendus, de désirs inassouvis, de promesses à tenir.

Comment te dire... Je n'étais déjà plus moi-même. Je pourrais presque dire qu'une autre femme était là, à ma place. Je ne voulais que revivre cette extase, cette incroyable communion de nos deux corps. Était-ce bien moi qui regagnais ma voiture, cet après-midi, insensible au soleil trop chaud, à la lumière trop vive qui avait fait place à la pénombre de la chambre ? Si ce n'était du liquide chaud qui s'épanchait encore entre mes cuisse, je me serais crue dans un rêve.

Il m'était totalement impossible de retourner au bureau dans cet état ; je rôdai donc à travers les rues tranquilles, perdue dans mes pensées. En passant devant le centre commercial, j'hésitai brièvement. Mais je n'avais pas plus le cœur aux emplettes qu'au travail ! J'avais toujours les jambes molles, le cœur qui battait la chamade. Après quelques détours, je décidai enfin de retourner à la maison et de me reposer quelques heures avant de récupérer Marie-Ève à la garderie.

J'eus la surprise de voir, devant chez moi, la voiture de François. Que faisait-il là? Je stationnai et le vis tout de suite, qui m'accueillait à la porte, tout ruisselant de la douche qu'il venait, vraisemblablement, tout juste de quitter. Hum, deux absences du bureau le même après-midi... les employés vont jaser! S'ils savaient... mais il est encore trop tôt pour leur annoncer que le «petit nouveau» est en fait François, mon mari... Ça viendra...

« T » COMME TOUJOURS ?

Je n'en crois pas mes yeux. Il se tient devant moi, nu comme au jour de sa naissance, nu comme la dernière fois que je l'ai vu, resplendissant. Son regard me transperce et coule sur mon corps aussi nu que le sien, mon corps frissonnant qui n'attend que sa présence bienfaisante pour libérer, après si longtemps, cette jouissance retenue. Il s'avance lentement, ses membres musclés ondulant, l'éclairage flatteur jetant des reflets dorés sur sa peau bronzée, son torse, ce torse couronné du cou splendide, aussi magnifique que celui d'une statue, et de la mâchoire si carrée qui me rendent infailliblement moite de désir. Son cou sur lequel le tatouage se découpe, ce «T» qui a repris toute sa véritable signification.

Comme je le désire! Mes cuisses entrouvertes ruissellent, appelant sa main, sa langue, n'importe quelle partie de lui, espérant un toucher intense, urgent, exigeant. Il tend enfin la main vers moi, vers mes seins prêts à éclater, effleure doucement les mamelons douloureux, descend lentement, trop lentement entre mes cuisses et caresse mon propre tatouage, tout près de l'orée de mon sexe, là où sa langue s'égare et...

— Vous désirez du café ?

J'ouvre péniblement les yeux en sursautant. Ma main se retire en vitesse et à regret de mon entrejambe palpitant, mes yeux lancent des éclairs vers l'agent de bord souriante qui vient, sans s'en douter le moins du monde, d'interrompre un fantasme si prometteur. Quelle chance d'avoir pensé à la petite couverture de laine avant de sombrer dans cet agréable songe !

— Oui... merci. Avec lait et sucre.

Détournant la tête, j'observe le paysage familier à travers le hublot, à plus de 10 000 mètres sous moi. Il y a déjà longtemps que j'ai quitté ma terre natale, mais je reconnais sans peine le fleuve, les terres fertiles et, très loin à l'horizon, les gratte-ciel adossés à la montagne. Oh ! bien sûr, de nouveaux édifices se sont sans doute ajoutés ; je devine de nouvelles routes, des variations mineures, subtiles. Mais cette ville est bien la même, celle qui m'a vue grandir, devenir femme, celle qui, finalement, m'a vue partir vers de meilleurs cieux. Nous arriverons dans très peu de temps et, si tout se passe comme prévu, je serai déjà engagée dans un nouvel avenir que j'accueille à bras ouverts.

De meilleurs cieux, disais-je ? Oui, en définitive, cet exil était pour le mieux. J'ai réussi à obtenir, là-bas au sud, ce que je désirais tant : succès, notoriété, respect. Je suis maintenant une conférencière recherchée, on me consulte à travers le continent sur différents sujets, et mes livres se vendent bien. Certes, ma vie personnelle pourrait être plus palpitante. Tout est si morne depuis mon divorce ! Mais je sens que cette situation changera très bientôt. C'est d'ailleurs après mon divorce que j'ai eu envie de revenir chez moi, de « retrouver mes racines », selon la formule à la mode. Et depuis quelque temps, une motivation additionnelle m'incite à faire le voyage en sens inverse.

Je n'avais pas tout à fait coupé les ponts avec Montréal, même si je n'y ai plus de famille. Christine, mon amie d'enfance, me tient régulièrement au courant des nouvelles... C'est donc elle qui, au cours d'une conversation téléphonique, fit resurgir de bien agréables souvenirs.

— Tu ne devineras jamais qui demande de tes nouvelles ! me dit-elle, un beau jour, d'une voix excitée de petite fille.

— Ben... je ne sais pas moi, qui donc ?

— THIERRY ! ! ! ! Figure-toi qu'il est de retour par ici.

— Ah oui ?

Je feignis l'indifférence, mais mon cœur s'était mis à battre dangereusement vite. Thierry. Celui que je me plaisais à surnommer, avec une bonne dose de nostalgie, « mon seul véritable amour ». Christine me raconta encore plusieurs choses à son sujet : il s'était marié, puis divorcé, durant ses années à Tahiti. Il n'avait pas d'enfant non plus, mais son divorce avait été pénible. C'est pourquoi il revenait chez lui, à plusieurs milliers de kilomètres de la vie qu'il avait eue avec sa conjointe. Il se réaccoutumait lentement au pays et, apparemment, se demandait ce qu'il advenait de moi.

— Qu'est-ce que tu lui as dit à mon sujet ? lui demandai-je anxieusement.

— Oh ! tu sais, les grandes lignes, ce qu'il ne savait pas déjà. Il avait l'air au courant de plusieurs choses. Mais il m'a demandé s'il pouvait t'écrire. Je ne savais pas si tu voudrais que je lui donne ton adresse...

— Oui, s'il te plaît ! Ça me ferait très plaisir d'avoir de ses nouvelles !

Nous avions donc correspondu durant plusieurs mois. Le ton était facile, les confidences naturelles. Dès la première lettre, je me sentis si près de lui que les années semblaient s'être évanouies. Après quelques lectures de cette fameuse missive, je me surpris même plusieurs fois à me remémorer de plus en plus clairement ses talents particuliers.

Je suis tombée amoureuse de Thierry tout de suite après l'université, durant mon premier grand voyage. C'est à Tolède, au cœur de l'Espagne, qu'il fit irruption dans ma vie. J'avais loué une petite chambre surplombant le Tage, ce long fleuve sinueux qui me portait à la rêverie. Tard, un soir, je vis un jeune homme, ayant visiblement abusé du vin local, qui tentait péniblement de gravir l'escalier escarpé menant à la pension. Je fus tout de suite éblouie. D'une splendeur indiscutable, malgré sa démarche chancelante, il chantait doucement, marmonnant des paroles en français. Je remarquai avec plaisir qu'il était aussi québécois que moi et m'empressai d'aller lui prêter main forte. Quel charme ! Il correspondait tout à fait à l'image du jeune athlète un peu rebelle devant qui les filles se prosternent tel devant un dieu. Grand et d'allure robuste, il semblait arborer un hâle parfait. Arrivée à sa hauteur, je pus constater que, tout autant que son corps, son visage aux yeux si joyeux et ses incroyables boucles de jais pouvaient faire chavirer bien des cœurs. Le mien tanguait déjà... En m'attardant sur le haut de son corps, je fus conquise. J'étais victime, déjà à l'époque, d'une sorte de fétichisme pour les torses d'homme en général et les cous en particulier. Et, sur ce point, ce jeune homme était imbattable. À cause de la chaleur accablante, il ne portait qu'un ample pantalon de coton et je pus admirer ses larges épaules qui couronnaient une poitrine superbe : juste assez musclée, et recouverte d'une fine toison aussi noire que sa chevelure. Et son cou... son cou ! Long, défini, à la pomme d'Adam peu proéminente, il arborait l'ombre séduisante d'une barbe forte qui suivait les contours sculptés de sa mâchoire et recouvrait le menton parfait, se prolongeant jusqu'à une lèvre inférieure pleine et délicieuse. C'était d'une pureté esthétique remarquable. Les grands maîtres de jadis se seraient régalés de tant de beauté !

Je l'invitai à venir dans ma chambre où une cruche de vin frais nous attendait. Après quelques divagations à propos de nos prénoms, Thierry et Tania, de Tolède et du Tage, je lui appris que je partais en stage d'études au Texas à l'automne ; il m'informa pour sa part qu'il se dirigerait avant l'hiver vers Tahiti où un oncle pouvait lui fournir un travail intéressant. Convaincus que tous ces «T» étaient bien davantage que de simples coïncidences, nous étions rapidement devenus inséparables. Mon charme, qu'il qualifiait d'intellectuel, lui était irrésistible... Il n'avait jamais rencontré une fille qui s'intéressait à l'art au point de venir en Espagne, entre autres, pour visiter la maison du Greco ! Il se pâmait, en outre, devant mes taches de rousseur discrètes qui me donnaient, selon lui, un air mutin, devant mon petit nez élégant et mon regard de myope qu'il qualifiait de « rêveur ». Si ce regard était alors rêveur, qu'est-il aujourd'hui que j'y vois de moins en moins sans mes lunettes ?

Cependant, ce qui lui plaisait le plus chez moi étaient mes jambes. Thierry était un véritable adepte des jambes féminines, le premier spécimen de la sorte que j'avais la chance de rencontrer. Il est vrai que mes jambes étaient assez spectaculaires, à l'époque... et elles le plongeaient en pleine extase. Leur apparence, leur odeur, leur texture, leurs courbes, tout ce qui touchait à mes jambes l'enchantait. Il les vénérait et les caressait avec tant d'application que c'était chaque fois un nouvel hommage. Des heures durant, à genoux près de moi, il humait l'odeur musquée de mon corps, me massait des orteils au ventre, embrassait la chair délicate derrière mes genoux et à l'intérieur de mes cuisses, suçotait mes orteils l'un après l'autre... J'étais sa reine, sa muse. Ses attouchements me procuraient un plaisir intense. Je n'ai jamais, à ce jour, rencontré un autre homme qui soit aussi habile de ses mains ! Ou qui veuille le devenir...

Nous avons donc poursuivi ensemble notre séjour au pays de Don Quichotte et le retour au Québec ne perturba en rien notre relation. Le fait que nous habitions la même ville n'était de toutes façons pas plus un hasard que le reste... Nous avions les mêmes goûts, tant pour la musique — planante, comme celle de Pink Floyd — que pour la bouffe, espagnole et mexicaine, ou nos activités — haschich, massages et caresses diverses... Il va de soi que, bien au chaud sur notre nuage nous étions persuadés d'être faits l'un pour l'autre. Je n'avais plus du tout envie de partir pour le Texas. Mais il le fallait, je m'y étais engagée. Pourtant, comme j'aurais aimé le suivre à Tahiti !

En attendant notre séparation, je passais le plus clair de mon temps chez lui. J'étais totalement subjuguée par lui, par son torse, son regard, tout son corps. Nous passâmes les quelques semaines qui nous restaient à continuer de nous explorer mutuellement, à nous redécouvrir, à nous délecter l'un de l'autre. En outre lorsque nous sortions, je ne pouvais résister au plaisir de le provoquer. Ce n'était pas très compliqué ! Il ne suffisait que d'une jupe très courte et de sandales fines pour que Thierry soit à mes pieds — littéralement ! — toute la soirée. Et il me rendait la pareille, exhibant toujours ce torse ainsi que ce cou magnifique orné d'une fine chaînette d'or. J'avais un mal fou à me contenir : il me fallait pouvoir embrasser cette poitrine sublime, ce cou enivrant, cette mâchoire délectable, y frotter mes seins, les écraser contre cette chair entêtante. Nous rentrions généralement très tôt et je le laissais enfin s'affairer sur mes pieds, mes chevilles, mes genoux et entre mes cuisses. Comme il n'avait de cesse de me voir me tordre de plaisir, il usait avec enthousiasme de sa technique particulière : sa langue devenait un petit rouleau, presque rigide, qui me fouettait dans tous les sens. Thierry dardait cette arme pointue sur ma chair avide, jusqu'à ce que je hurle de plaisir... J'exigeais cependant qu'il s'installe d'abord à mes côtés, me permettant de repousser ses longues boucles afin d'admirer son cou sublime.

Combien de fois a-t-il exhibé de douloureuses morsures juste à la limite de la mâchoire, tout près de l'oreille ? Et moi, combien de fois ai-je eu du mal à m'extirper de ses bras tant ses massages et ses caresses m'avaient comblée ? Que de bons souvenirs ! Nous ne savions pas encore, à ce moment-là, qu'il se passerait bien des années avant que nous puissions nous retrouver. Et dire que dans peu de temps je serais enfin avec lui et peut-être, avec un peu de chance, dans ses bras...

Sa dernière lettre me révélait son désir de venir me chercher à l'aéroport. Il avait tellement hâte de me revoir... Son allusion aux fameux «*T*» d'autrefois, «*T*» comme Tania et Thierry, «*T*» comme Tolède et Tage, «*T*» comme Tahiti et Texas, était lourde de sens. Il avait même ajouté, tout au bas de la lettre : «*T* comme *toujours ?* » Curieusement intimidée, j'avais hésité sans réellement savoir pourquoi. Mais mes réserves s'étaient finalement dissipées et j'étais heureuse de savoir qu'il serait là pour m'accueillir. Je pensais sans cesse à lui, à nos retrouvailles et je me faisais violence pour imposer à mon esprit un Thierry plus âgé que celui que j'avais connu. Peut-être n'avait-il pas vieilli très élégamment... mais, après tout, son imposante stature ne pouvait quand même pas s'être transformée à ce point et ses talents manuels s'être totalement dissipés !

Je n'étais pas certaine que Thierry réalisait exactement le nombre d'années écoulées depuis notre dernier au revoir puisqu'il m'avait transmis son impatience de m'admirer de nouveau. Il lui tardait de voir à quel point les photographies qui ornaient mes couvertures de livres me faisaient justice... Oh ! j'avais bien quelques rides en plus, quelques kilos, aussi. Ma myopie s'était certainement ag-

gravée et les cheveux que je portais maintenant courts devaient être teints religieusement afin de camoufler les fils
blanchis de plus en plus nombreux... mais il serait heureux
de constater que mes jambes se portaient plutôt bien et me
valaient encore des regards flatteurs. Cette dernière pensée
déclencha un nouveau scénario plus ou moins réaliste :

*Il m'attendrait à l'aéroport, tel que convenu, superbe
dans un jean ample et une chemise entrouverte qui décou-
vrirait le tatouage ornant son cou depuis cette soirée mémorable. Ses magnifiques boucles — plus courtes, sans
doute domptées — seraient parsemées de mèches argen-
tées des plus séduisantes. Toutes les têtes féminines se re-
tourneraient sur son passage, mais son attention se
concentrerait seulement sur moi. Il tenterait de m'aper-
cevoir du haut de la balustrade des arrivées, et, une fois
sortie de l'aire réservée aux passagers, je me jetterais
dans ses bras. Nous serions tellement épris l'un de l'autre
que j'insisterais pour que nous allions tout de suite chez
lui avant qu'il me dépose à mon hôtel.*

*Il conduirait vite mais prudemment, tentant de se
concentrer sur la route plutôt que sur son désir. Arrivés
chez lui, aussitôt le seuil franchi, nous ôterions nos vêtements en les jetant dans tous les sens et nous retrouve-
rions enfin cette complicité qui s'était envolée, quelque
part entre le Texas et Tahiti, tant d'années auparavant...*

C'est le soir précédant mon départ pour le Texas que
nous avions eu l'idée du tatouage. Nous cherchions depuis
quelques jours la meilleure façon de conserver en mémoire
chaque instant passé ensemble, le souvenir idéal de cet été
de rêve qui nous empêcherait, malgré la distance, de nous

éloigner l'un de l'autre. C'est Thierry qui, le premier, évoqua ce sceau indélébile, et j'accueillis sa suggestion avec enthousiasme. Les tatouages n'étaient guère courants à l'époque, et surtout réservés aux motards et autres durs à cuire. Mais Thierry connaissait quelqu'un de talentueux. Tout naturellement, c'est le «T» qui fut choisi comme symbole de notre union, un «T» stylisé, sur lequel grimpaient des feuilles de vigne; et tout aussi naturellement, il fut décidé que Thierry l'arborerait dans le cou, derrière l'oreille et à la limite des cheveux et moi... sur la jambe, bien sûr. Tout en haut de la cuisse, là où la plus courte de mes jupes le laisserait paraître.

Le studio de tatouage était un peu louche de l'extérieur, mais rassurant de l'intérieur. Nous avions bu plus que notre ration de vin et tentions de ne pas céder à la nostalgie. Je me revois, accroupie entre les jambes dénudées de Thierry, le gros homme traçant patiemment le «T» dans son cou si tendre. Je souffrais de voir la chair ainsi meurtrie et m'appliquais à l'exciter, tant pour éloigner la douleur que pour rendre cette soirée davantage inoubliable. Comme Thierry devait demeurer immobile, mes gestes se faisaient subtils. Je lui massais les cuisses doucement, murmurant à son oreille que je préférerais laper son sexe grossissant avant de l'enfouir tendrement dans ma bouche. J'imprimerais à mes mâchoires le plus de douceur possible, mais également toute l'intensité des sentiments que je ressentais pour lui. Je lui racontais comment je l'aspirerais doucement, mes doigts traçant des arabesques entre ses testicules, léchant tantôt le gland reconnaissant, tantôt la verge raffermie.

L'artiste travaillait avec rapidité et précision ; et, ressentant notre désir de nous retrouver seuls, il quitta la pièce une fois son œuvre achevée pour que je puisse poursuivre la mienne... Ouvrant bien grand la bouche, j'engouffrai enfin le sexe de Thierry avec force et il ne fallut que quelques instants, quelques succions vigoureuses pour que ma gorge soit inondée de chaleur. Puis vint mon tour. L'artiste réapparut et me fit installer de côté, soulevant ma jambe et l'appuyant solidement au dossier d'une chaise. Thierry mit tant de soin dans ses caresses, tant de douceur et de tendresse que je sentis à peine l'aiguille injecter l'encre sous ma peau : à peine un léger picotement que j'associais aux touchers divins auxquels l'intérieur de mon autre cuisse était soumis. Discrètement, ses doigts fouillaient ma chair humide, s'insinuaient lentement et délicieusement, enserraient jusqu'à le broyer le noyau de mon sexe que ma position rendait difficilement accessible. Après un temps impossible à évaluer tant j'étais distraite par mon plaisir, nous nous retrouvâmes seuls de nouveau et le sexe de Thierry put enfin s'engouffrer dans le mien, frénétiquement, presque avec désespoir. Puis nous partîmes en silence, main dans la main, laissant les honoraires du tatoueur sur la chaise.

Nous avons correspondu quelques mois. Près de un an, en fait. Puis j'ai rencontré un garçon et Thierry, enthousiasmé par sa nouvelle vie à Tahiti, s'éprit d'une autre femme. Idiotement, sans histoires, nous nous étions perdus.

* * *

Nous avons entamé la descente vers l'aéroport ; il est temps que je me rende aux toilettes afin de me « rafraîchir ». Je me brosse les dents vigoureusement, me lave le visage et me maquille avec soin. Je ne peux rien contre l'odeur caractéristique et plutôt désagréable de l'avion qui imprègne mes vêtements ; une ou deux gouttes de parfum ne feront cependant pas de mal. Bon, ça ira. Ce n'est qu'en me voyant dans la glace que je me souviens de l'état lamentable de mes lunettes. Il est hors de question que je porte ces horreurs la journée où j'espère reconquérir Thierry ! Je les range tout de suite dans mon sac, espérant que ma vue s'ajustera graduellement d'ici à ce que nous arrivions. Je retourne à mon siège, anxieuse, nerveuse, impatiente.

Enfin, l'atterrissage ! Je dois laisser mes rêveries derrière moi une fois pour toutes et laisser la réalité suivre son cours. L'appareil se pose sur la piste en douceur et le trajet jusqu'au terminal semble ne jamais vouloir finir. L'avion enfin immobilisé, tous les passagers se ruent vers la sortie. Je suis le troupeau tant bien que mal et me retrouve finalement dans l'aéroport, débouchant sur l'immense aire des arrivées avec son balcon où attendent une quantité impressionnante de gens. Je me mets en file, comme tout le monde, attendant patiemment mon tour au poste de douanes et risque un coup d'œil vers le balcon. Des familles, des gens de tous âges qui viennent accueillir un conjoint, un parent, un ami. Une silhouette s'impose tout de suite à mon regard. Je la reconnaîtrais d'entre mille. Les battements de mon cœur s'accélèrent : il est là... Toujours le même, il me semble ! Sa carrure imposante empêche quelques autres personnes de s'approcher de la balustrade. Ses cheveux me semblent aussi longs que jadis ; je devine ses boucles qui dansent autour de son visage bronzé, toujours aussi folles, aussi fascinantes. Je distingue un jean, avec une chemise pâle et un imperméable. À la main, un énorme bouquet de fleurs. Oh la la ! Est-il possible qu'il soit encore plus séduisant qu'il l'était à vingt ans ? Aussitôt, mes mains deviennent moites, mes jambes ramollissent. Puis, avec un sourire que je devine malgré la distance qui nous sépare et le manque de précision de ma vision, il m'envoie discrètement la main. Je lui retourne son sourire et voilà que surgissent dans mon esprit enfiévré une foule d'images que je croyais oubliées : *Son appartement, les draps froissés. Son corps nu flottant au dessus du mien, son haleine tiède murmurant des paroles enivrantes à mes oreilles. Mes seins qui frôlent sa poitrine musclée et recouverte de sueur, mes dents qui s'enfoncent dans la chair palpitante de son cou tandis que mes jambes s'enroulent autour de ses fesses fermes...*

Je lève à nouveau les yeux pour le voir me souffler un baiser et cette fois, *nous sommes dans un parc, la nuit, et je sens sa salive, mélangée à la pluie torrentielle, couler entre mes cuisses... sa langue qui me darde, sa main qui s'insère doucement, ses lèvres qui tirent et sucent l'ourlet de mon sexe engorgé.*

Arrive enfin mon tour. Je balbutie les formules d'usage, « non, rien à déclarer... » et me dirige rapidement vers les carrousels à bagages. Pourvu que cela ne traîne pas trop ! Par chance, ma valise m'attend déjà. Je la prends, la dépose sur un chariot et vois Thierry qui m'indique qu'il descend me rejoindre. J'ai chaud, je me sens terriblement excitée, je ne peux plus attendre pour être dans ses bras, humer son odeur, caresser ses boucles si douces.

Au moment où je m'apprête à traverser enfin les portes automatiques, cette dernière barrière me séparant de mon destin, une femme me bouscule et me dépasse, ne prenant même pas la peine de s'excuser. Elle se précipite droit devant alors que les portes s'ouvrent et que je vois enfin Thierry, plus séduisant que jamais, les bras grands ouverts... prêts à accueillir l'impolie qui vient de me bousculer !

Déboussolée, confuse, je reste plantée là à me demander ce qui se passe. Je dois avoir l'air complètement sotte ou même en proie à un malaise puisque je vois un monsieur rondelet aux lunettes épaisses qui m'observe, l'air inquiet. Il s'approche, hésitant. Qu'est-ce qu'il me veut, celui-là ? Avec ses lunettes aux grosses montures croches, il a l'air d'un drôle d'insecte. Sa chemise élimée, ridiculement ajustée, dévoile de petits bourrelets disgracieux, autant de « poignées d'amour », et ses cheveux épars, aux minces boucles trop longues, lui donnent un air un peu hagard. C'est lorsqu'il étire le cou que je vois le tatouage. Si seulement je n'avais pas été trop orgueilleuse pour porter mes lunettes, j'aurais pu me préparer au choc !

Maintenant, tout ce que je souhaite, c'est que le sourire radieux que je lui adresse efface toute trace de déception sur mon visage. Car le sien n'est que douceur ; j'y lis même une admiration proche de la vénération. Et puis, drôle d'insecte ou pas, il s'agit bien de Thierry...

UN FAUTEUIL SUR MESURE

Je réussis à trouver un espace de stationnement directement devant l'entrée de l'édifice. C'est de bon augure ! Après avoir éteint le moteur, j'inspire profondément en risquant un coup d'œil du côté de Véronique, assise un peu crispée dans le siège du passager. Elle hésite un peu, semblant chasser ses dernières appréhensions, puis m'adresse un sourire lumineux. Son corps s'approche doucement du mien et elle m'embrasse passionnément, un baiser plus que prometteur. Puis, dans un souffle enjôleur :

— Tu es prêt ?

Non. Je ne suis pas vraiment prêt. Mais il n'est pas question de me défiler. Après tout, Véronique m'a promis que cette expérience pourrait être très satisfaisante si seulement j'acceptais de collaborer. Et après ce qu'elle m'a fait goûter comme plaisir hier soir, je suis prêt à y mettre plus qu'un peu de bonne volonté. En fait, je suis prêt à beaucoup de choses pour Véronique. Même à *ça*. Même à remettre les pieds dans cet endroit où j'ai presque déjà laissé ma chemise — que dis-je, ma *peau* — en quelques minutes à peine. Sur un dernier baiser, Véro me rassure une dernière fois :

— Je te promets que ce ne sera pas comme la dernière fois. Si tu te laisses aller, ce sera mieux encore que tout ce que tu peux imaginer.

Tout ce que je peux imaginer… Elle ne croit pas si bien dire ! Sur une autre profonde inspiration, tant pour me donner du courage que par anticipation, j'embrasse Véronique à mon tour avant que nous sortions de la voiture. Au moment d'entrer, elle se colle tout contre moi comme une petite chatte et murmure :

— Souviens-toi de tout ce que je t'ai dit hier, et tu ne le regretteras pas…

Elle me guide enfin à l'intérieur. La pièce est immense, pratiquement déserte ; l'éclairage est étonnamment tamisé. Et là, en suivant son regard, je sais qu'elle l'a vu. Parmi tous les autres objets, elle a vu *le* fauteuil.

Ce n'est, à première vue, qu'un simple fauteuil. En cuir souple, de couleur fauve, aux lignes pures, presque sévères. Me serrant la main, Véronique confirme : « Voilà. C'est celui-là. » Et, en regardant de plus près, je comprends. Le siège est très large ; les appuie-bras, solides ; le dossier, haut et ajouré, auquel il lui sera facile de me lier les bras. Les pattes, bien stables, comportent des anneaux de fer idéals pour des sangles de cuir. Je le trouve parfait. C'est vrai, presque comme dans mes fantasmes les plus fous. Aussi, quand Véronique me dit : « Assieds-toi et essaie de te détendre. Je m'occupe du reste… », j'obéis sans protester, en parfait petit esclave…

J'ai à peine déposé mes fesses sur le siège moelleux que

Véronique s'avance vers moi dans une démarche de tigresse prête à sauter sur sa proie. Elle n'a fait qu'entrouvrir son manteau, ne me permettant qu'un bref coup d'œil, pour le moment, sur son « costume » des grands soirs : corset de cuir, longs gants assortis, bas résille, bottes aux talons aiguille qui résonnent sur le plancher de marbre… Je ne pourrai l'admirer que plus tard, probablement, puisqu'elle m'ordonne de fermer les yeux.

La magie opère instantanément et je suis propulsé dans un univers de volupté. À travers mes paupières closes, j'imagine très bien ses jambes écartées de chaque côté du fauteuil, son bras saisissant l'un de mes poignets et l'attachant solidement au montant du dossier, puis le second. Ce geste que j'ai vu maintes fois accompagné d'une expression presque farouche sur son visage provoque chez moi une érection monstre et instantanée. Je devine que ce sont ses seins qui effleurent mon visage tandis qu'elle peine à bien fixer les liens qui me tiennent prisonnier. Je suis tendu à l'extrême, ses lobes savoureux chatouillent ma joue puis s'écrasent contre ma bouche avide. Je veux les saisir, les mordre, les embrasser mais cela m'est impossible. Je suis sa victime soumise, son petit chien qui ne peut que haleter dans l'attente d'une caresse de sa maîtresse. Elle se dégage, sans doute pour évaluer son prochain geste. Ceci me semble durer une éternité. Elle me toise, sans doute, des pieds à la tête, sa petite langue pointue humectant ses lèvres si rouges. Puis, d'un geste délibéré, expert et rapide comme l'éclair, elle baisse mon pantalon et me le retire avant de l'utiliser pour fixer mes chevilles aux solides pattes de bois. Quel soulagement pour mon membre engorgé ! Enfin libéré de toute entrave, je le sens au garde à vous, prêt à tout, impatient.

Ses talons résonnent alors que Véronique passe derrière moi, fait légèrement basculer le dossier du fauteuil afin que je sois presque allongé ; la position de mes chevilles devient inconfortable, presque douloureuse, mais je sais que cette sensation s'estompera. Ma tortionnaire trouve toujours le moyen de me faire oublier de tels désagréments, somme toute mineurs, par des douleurs beaucoup plus intenses et exquises...

Véronique sort le petit fouet de son sac et le fait claquer au rythme de ses pas autour de mon fauteuil des supplices. Peut-être réfléchit-elle au meilleur châtiment à m'infliger ? Je suis parcouru de milliers de petits frissons. Ma queue trépigne, tressaute.

Le corset de ma maîtresse n'étant retenu entre les jambes que par deux minces rubans, il lui suffirait de s'asseoir sur moi et de me chevaucher pour me faire jouir en un torrent libérateur. Mais je sais qu'elle n'en fera rien. Elle préfère me torturer, et elle en a manifestement l'intention, en glissant peut-être les lanières de ce fouet maudit entre ses cuisses brûlantes. Je tente de deviner ses prochains gestes... J'imagine ses doigts gantés qui écartent la chair tendre, la toison dorée contrastant avec le cuir noir. Ces doigts qui pétrissent rudement la peau si fragile, qui glissent tout au bord de l'abîme avant de s'y engager, comme aspirés. L'autre main qui saisit le petit fouet et le retourne, le manche épais complétant l'assaut des doigts gantés, jusqu'à ce qu'il disparaisse au plus profond de sa moite caverne et y glisse de nouveau, de plus en plus rapidement. Et Véronique dont le souffle s'accélère, ses seins débordant du corset trop serré, ses genoux qui fléchissent…

Je suis tellement dur. Aussi dur que le manche de ce fouet, je veux m'enfouir profondément dans son corps et en ressortir luisant de plaisir, me perdre dans sa chair au point de me liquéfier en elle… Je ne peux cependant que me remplir la tête d'images irrésistibles : le fouet qui tressaille, les yeux clos de Véronique, son ventre qui se crispe alors qu'elle jouit enfin. Le manche bien calé au fond de son corps, elle serre les cuisses autour de sa main gantée et s'approche enfin de moi, esclave négligé. Je sens ses baisers sur mon cou et mon ventre ; ses seins gonflés effleurent ma queue, puis elle recule de nouveau. Je devine que son regard est de glace ; seule une petite lueur sensuelle l'adoucit. Anticipant la suite, je me crispe avant même d'entendre le claquement du fouet. Les lanières frappent le cuir du fauteuil, tout près de mon ventre, puis elles glissent, tout doucement, pour s'enrouler autour de mon membre maintenant douloureux qui tressaille davantage. Je peux sentir l'odeur enivrante du fouet, l'odeur de la jouissance de Véronique. J'en suis grisé… Dieu que je la désire !

Exauçant finalement mes souhaits, elle hisse son corps fabuleux au-dessus du mien, m'agrippe rudement les épaules, me serre la gorge un peu trop fort puis, enfin, l'extension de moi-même pénètre son écrin satiné, pas tout à fait assez loin. Je tente de pousser mes hanches contre elle, mais étant privé de l'usage de mes bras ou de mes jambes, je dois la laisser m'imposer son rythme. Elle a finalement pitié de moi. Empoignant solidement le dossier du fauteuil et grimpant plus haut sur mon ventre, elle se laisse enfin tomber sur moi, délicieusement empalée, et me monte en un rythme de plus en plus effréné. Elle sait que je ne pourrai tenir longtemps ainsi mais elle adore me faire subir ces violents plaisirs. D'ailleurs, jamais je ne m'en plaindrais.

Je sens qu'il me reste à peine quelques secondes de grâce avant d'exploser en elle quand j'entends une voix, comme venue d'un autre monde, qui rompt le cours de mes si délicieuses pensées :

— On vous a répondu, Madame, Monsieur ? Vous cherchez un fauteuil ?

J'ouvre les yeux, abandonnant ce merveilleux fantasme à regret. Véronique, qui revient au même moment de l'autre extrémité du rayon, sans doute pour s'assurer de son choix, jette ma veste sur mon embarrassante érection alors que le vendeur s'approche d'un pas guilleret.

Véronique sait que je déteste magasiner. Pourtant, je me sens maintenant prêt à me rendre au rayon des salles à dîner…

Un cadeau du ciel

Cette nouvelle a déjà été publiée dans *Plaisirs de femmes*,
Éditions Blanche, Paris, 1998.

Il était sur le point de me quitter. Du moins, temporairement, peut-être le temps de faire le point sur notre vie commune. Je le lisais dans ses yeux, ses gestes. Et je l'avais bien cherché; cette fois-ci, c'était bien plus grave que le cafard de l'hiver qui lui tombait dessus plus tôt que d'habitude. Il avait besoin de vacances. Au chaud. Sur une plage de sable blanc, et moi je refusais de l'accompagner.

Ce n'était qu'une excuse. Nos problèmes ne se résumaient pas simplement à un désaccord à propos de la destination de nos voyages, loin de là. Certes, l'idée de se retrouver encore une fois crevant de chaleur sur une plage brûlante, envahie d'enfants turbulents et empestant la lotion solaire, ne me souriait pas. Je réagissais en connaissance de cause puisque, deux fois déjà, nous avions tenté l'expérience. Et depuis, chaque fois que la nouvelle année s'annonçait et qu'il était question de vacances, la tension s'élevait, transformant ce sujet en véritable détonateur, faisant resurgir notre plus gros problème : la vie de tous les jours. Cet état où deux êtres se tolèrent, faute de mieux. Christophe dut comprendre bien avant moi ce qui se

155

passait : ma froideur devant ses efforts pour me plaire ; mon manque d'entrain à faire l'amour ; mon indifférence à participer à des activités communes ; toutes les soirées passées devant la télé sans échanger une seule parole. La complicité et le plaisir d'être ensemble s'étaient envolés.

Ce n'était pas que je ne l'aimais plus. Christophe et moi nous étions simplement enlisés dans un confort qui m'énervait, une routine trop familière, prévisible et monotone. Sans me rendre compte de ce qui se passait, je m'étais retrouvée complètement dépourvue de désir pour lui. Il avait pourtant tenté à quelques reprises, maladroitement, de faire renaître la passion entre nous. Il m'achetait de jolis dessous, me chuchotait des mots tendres ou obscènes aux moments les plus inattendus, me cuisinait de délicieux repas. Mais toutes ces approches me laissaient de glace et n'arrivaient pas à réveiller mes ardeurs. J'avais, de mon côté, tenté de me ressaisir, au fil des mois : littérature et revues érotiques, films, sessions de masturbation intensives, évocation de fantasmes plus fous les uns que les autres. Rien. Toujours rien. J'étais bouleversée ! Christophe est un homme gentil, doux, patient. Il cédait à chacun de mes caprices sans rechigner, ne m'imposait jamais ses propres désirs. Peut-être aurait-il dû, finalement, avant qu'il ne fût trop tard...

Je trouvai sa valise dans la penderie. Elle contenait quelques vêtements, deux livres, des accessoires de toilette, des préservatifs. Avait-il déjà rencontré une autre femme ? Quelqu'un qui saurait l'aimer mieux que moi ? Cette pensée m'attristait et me frustrait. Mais qu'est-ce qui n'allait pas chez moi ?

J'aurais tout donné pour ressentir à nouveau ce frisson qui me parcourait autrefois à la simple pensée d'une étreinte de Christophe. Depuis quelque temps, nous passions parfois une semaine complète sans nous voir et il me manquait à peine...

Je ne parvenais pas à comprendre comment nous en étions arrivés là, mais je ne pouvais que me lamenter devant l'inévitable. Il avait beaucoup travaillé toute la semaine et n'était pas revenu dormir à la maison depuis deux jours à cause de l'horrible température. J'étais convaincue qu'il passerait une dernière fin de semaine avec moi, et que, lundi, il me quitterait. Rien ne me confirmait cette idée, mais j'en étais quand même persuadée. Intuition féminine, peut-être.

Je m'étais couchée, ce soir-là, au son déjà familier du crépitement du grésil contre les fenêtres et le toit. Trois jours déjà que cette détestable pluie glacée nous tombait dessus. Mais elle s'abattait maintenant avec force, un vent du nord la poussant brutalement contre la vitre, comme autant d'aiguilles piquant mes nerfs. Pays de fous ! Déjà que nous nous accommodions de la neige et des froids sibériens de nos hivers. Trop doux pour neiger, trop froid pour pleuvoir. Je regardai à l'extérieur et pus constater que la situation empirait. Les arbres se courbaient sous la force du vent et la fenêtre se recouvrait lentement d'une fine couche de glace.

Un frisson me parcourut l'échine et, sans me rendre compte de ce que je faisais, j'ouvris grand les rideaux et me tins un long moment devant la fenêtre, laissant rêveusement une main s'égarer entre mes cuisses légèrement écartées. Était-ce l'intempérie qui me plongeait dans cet état second? Le contact de mes doigts à l'orée de mon sexe me fit sursauter et, pour les réchauffer, je les glissai doucement à l'intérieur de mon corps.

Écartant davantage les jambes et les replis onctueux de ma chair, j'insérai les doigts plus profondément, mon autre main frottant de plus belle. Trop soudainement pour pouvoir vraiment savourer quoi que ce soit, je jouis brutalement, dans une chaude rafale de plaisir.

* * *

Au matin, le paysage était féerique. Près de trois centimètres de glace recouvraient toutes les surfaces exposées aux éléments, comme un vernis surréaliste. Les maisons, les voitures, les arbres et chacune de leurs branches, les clôtures, les lampadaires, les fils électriques, absolument tout semblait figé dans la gelée miroitante. Des craquements sinistres se faisaient entendre, la maison ancestrale dans laquelle nous vivions protestant contre l'assaut. Le verglas s'abattait toujours et le vent s'éleva davantage au cours de la journée, atteignant les cent vingt kilomètres à l'heure. Je devenais de plus en plus fébrile à mesure que la journée avançait. Un phénomène inexplicable s'emparait également de mon corps : moi qui me croyais en voie de devenir aussi frigide que la neige qui nous étouffait, je me retrouvais en état d'excitation presque constante. Une excitation diffuse, vague, mais bien réelle. Et la météo qui prévoyait la même chose pour au moins trois autres jours...

Le lendemain donna raison, pour une fois, aux météorologues. Le verglas continua de plus belle, s'accumulant lentement mais sûrement. Il faisait déjà sombre en début d'après-midi et, vers seize heures, peu avant le retour de Christophe, l'électricité, chancelante depuis la matinée, défaillit. Je ressentis quelques papillons au creux du ventre. Cette situation pouvait s'éterniser, empirer, même. Je fis l'inventaire des bougies, allumettes, denrées non périssables, piles et autres accessoires d'urgence dont nous disposions et conclus que nous pourrions tenir longtemps. J'allumai un bon feu et quelques chandelles, installai des piles dans la radio et observai la scène démentielle qui se jouait à l'extérieur. Le vent secouait les arbres centenaires qui, malgré leur âge vénérable, ployaient sous l'assaut auquel s'ajoutait la masse de plus en plus lourde de la glace. Un nombre impressionnant de branches de tous calibres jonchaient notre jardin ; le ciel, d'une teinte violette étrange, était zébré d'éclairs aveuglants. Des débris volaient dans tous les sens. Je pus voir une voiture quitter la route, non loin de chez nous, ses phares dessinant de folles arabesques avant de s'immobiliser dans un ravin peu profond. D'autres véhicules tentèrent de s'arrêter afin de venir en aide aux occupants de la première et faillirent la rejoindre. J'observais la scène avec détachement ; tout ceci me semblait irréel. Jamais il ne me serait venu à l'idée de leur prêter main-forte, la simple pensée de m'aventurer à l'extérieur me donnait la chair de poule.

Christophe arriva enfin, beaucoup plus tard que prévu. Il était échevelé, énervé et, dès que je le vis, je sentis mon regard s'allumer d'une étrange lueur. Je lui laissai le temps de retirer son manteau trempé et, sans prononcer une seule parole, l'entraînai devant l'immense fenêtre du salon. Me plaçant derrière lui, je détachai son pantalon pour dégager son sexe qui sembla agréablement étonné d'un tel accueil. Mes mains s'en emparèrent, glissant du gland à la toison dorée dans un rythme langoureux. Il durcit rapidement et je décidai de le réchauffer de mon haleine. Je m'agenouillai devant lui et engouffrai son sexe, laissant à ma langue le soin de l'embrasser goulûment. Il tressauta dans ma bouche, la peau du membre se lissant à mesure que sa taille augmentait, emplissant ma gorge grande ouverte. Je me relevai et tournai le dos à Christophe, retirant ma blouse sans le regarder, sans lui parler. Son corps écrasa le mien contre la vitre et le froid hérissa ma peau, faisant jaillir les pointes de mes seins qui dessinèrent des motifs étranges dans le givre. La barbe de Christophe m'égratignait le cou alors que mes épaules s'aplatissaient sans ménagement contre la surface de verre. Christophe défit mon pantalon et me dégagea une jambe, qu'il écarta afin d'insérer immédiatement un doigt en moi. Je ruisselais, les parois de mon sexe étaient gonflées. Il baissa davantage son pantalon qui s'affaissa autour de ses chevilles ; puis son dard s'insinua rudement entre mes fesses, m'envahissant d'un seul effort.

À ce moment, un bruit assourdissant nous fit sursauter. Nous restâmes immobiles un moment, tentant d'en découvrir la provenance. Plus qu'un sourd grondement, le son, accompagné de plusieurs coups secs, semblait provenir de l'étage. Christophe se retira soudainement de moi, escalada l'escalier à toutes jambes en remontant son pantalon, revint aussitôt enfiler ses bottes et courut à l'extérieur. Je me rhabillai à la hâte pour le rejoindre et aperçus, malgré l'obscurité oppressante, l'immense érable dont les deux branches principales étaient sectionnées. La plus grosse, à peine retenue par quelques filaments, était appuyée sur le toit de notre demeure, risquant à tout moment de l'écraser.

Nous nous précipitâmes dans le grenier. La lucarne était brisée, il y régnait un froid saisissant. Le vent s'engouffrait dans la pièce dans un sifflement démoniaque et le frottement de l'arbre sur le toit était assourdissant. Je pouvais très bien m'imaginer les quelques brindilles qui, à chaque rafale, frappaient sans ménagement sur la tôle usée, suivies de branches plus imposantes. Christophe évalua l'endroit où l'arbre se trouvait, le lieu le plus menaçant, et m'y attira. Il retira mes vêtements avec empressement et nous nous retrouvâmes rapidement nus, gelés et nerveux, nous demandant combien de temps la charpente allait encore tenir. Je me rendis alors compte que cette situation étrange et dangereuse m'excitait au plus haut point. Je n'étais pas seulement humide; je sentais en fait des gouttes de sève s'écouler le long de mes jambes; mon sexe palpitait au point d'être douloureux et, au contact de mes doigts transis, mes lèvres s'ouvrirent davantage, aspirant un doigt, puis un deuxième, au plus profond de mon corps. Ma main s'agita plus rapidement et, quand Christophe m'envahit à nouveau, je pus sentir un flot de jouissance inonder ma main.

Mon amant m'installa alors à quatre pattes et m'enfourcha presque violemment, faisant cogner ma tête contre le mur mansardé du grenier. Puis la branche craqua. Un son sourd qui se répercuta jusque dans mes os. Elle tomba sur le toit qui tint bon malgré quelques grincements. Christophe me pilonnait avec plus de vigueur ; je me sentais chauffée à blanc ; il me semblait énorme. Je m'imaginais que ce n'était plus lui, mais bien l'immense branche, qui me pénétrait, défonçant la chair, meurtrissant ce sexe affamé. Elle s'enfonçait encore plus loin, déchirant mes entrailles, me rendant victime d'une jouissance démente. Les ongles de Christophe parcoururent mon ventre et mes seins, égratignant la peau trop blanche, meurtrie tant par le froid que par sa caresse brutale. Je jouissais sans arrêt, transportée dans un univers de vent hurlant, en totale contradiction avec la chaleur intense qui se dégageait de mon corps. Les craquements du plafond s'intensifièrent et, en même temps qu'apparut la première fente dans le plâtre accompagnée d'une plainte sinistre, Christophe se répandit au fond de moi en un long cri libérateur.

Nous nous écroulâmes sur le sol rugueux, le souffle court. Puis, presque endormis, nous sursautâmes quand le plafond s'abaissa davantage, nous contraignant à redescendre au salon. La chaleur bienveillante de l'âtre et la chaude couverture dans laquelle nous étions enroulés eurent tôt fait de nous endormir, sans que nous accordions la moindre pensée à l'état précaire du toit.

* * *

Je me réveillai le lendemain matin avec l'odeur du café

et du pain qui grillait sur le feu de bois. Christophe m'adressa un sourire étrange, incertain, que je lui rendis. Il m'embrassa longuement, doucement, avant d'allumer la radio : le bilan s'alourdissait. Près de quatre millions de personnes — plus de la moitié de la province — étaient maintenant privées d'électricité, et plusieurs milliers, dont nous-mêmes, du téléphone. D'immenses pylônes s'étaient effondrés non loin d'ici. On établissait des centres d'hébergement pour ceux qui dépendaient de l'électricité pour chauffer leur maison. Le froid n'était pas encore si intense — dans les moins cinq —, mais on prévoyait une chute de la température au cours de la nuit. Trois personnes avaient déjà perdu la vie, les supermarchés et les stations d'essence commençaient à avoir du mal à s'approvisionner, les cas d'empoisonnement à la nourriture et aux gaz nocifs de systèmes de chauffage d'appoint se multipliaient.

On conseillait aux gens de limiter leurs déplacements, aux employeurs de se montrer compréhensifs. Les routes étaient pour la plupart impraticables : l'accumulation de glace s'élevait à près de cinq centimètres, les débris d'arbres bloquaient les routes, les fils électriques s'écroulaient sur la chaussée. Il était même question de faire venir l'armée... Notre région était désormais considérée zone sinistrée.

Après nous être habillés, Christophe et moi sortîmes à l'extérieur pour mesurer l'ampleur des dégâts. Le vent ne s'était pas calmé, au contraire. Au lieu des rafales des autres jours, une bise constante et déchaînée, mordante, balayait tout sur son passage, nous faisant glisser et perdre l'équilibre. Nos environs avaient des allures de champs de bataille. Un arbre immense s'était effondré en travers de la route, une voiture abandonnée semblant le surveiller. Un autre était tombé juste derrière notre voiture. D'immenses plaques de glace se détachaient du toit, des fils et du haut des arbres, menaçant de nous décapiter.

Comme nous n'avions aucun moyen de communiquer avec le reste du monde, nous entreprîmes de dégager la voiture au cas où nous devrions évacuer notre demeure. Nous nous étions emparés de grattoirs, dérisoires devant l'épaisseur de la glace, et usions de toute la force de nos muscles pour dégager la voiture de son tombeau de glace quand une forte explosion nous fit sursauter. Un poteau électrique crachait d'immenses flammes bleues et des étincelles jaunes. Une autre détonation rendit le silence qui s'ensuivit surnaturel.

Nos voisins les plus proches habitant à plus de cinq cents mètres, nous étions tout à fait seuls dans ce chaos et nous nous sentions terriblement exposés, vulnérables... excités. Christophe passa derrière moi, plaqua mon corps contre la voiture, remonta le lourd manteau qui me recouvrait et défit mon pantalon. Il empoigna mon chemisier qu'il ouvrit d'un geste brusque, arrachant les boutons qui glissèrent sous la voiture. Le foulard que j'avais enroulé autour de ma tête s'envola tandis que le vent, chargé de ses dards de glace, me fouettait les joues et m'aveuglait. Christophe enfouit son visage dans mon cou, mordant de sa chaude bouche la chair exposée. La violence des éléments qui nous entouraient me donnait envie de hurler, de composer une étrange mélodie en harmonie avec la bise infernale.

Les mains si froides de mon amant s'emparèrent de mes seins et les broyèrent tandis que je tentais, tant bien que mal, de faire descendre mon pantalon. J'y arrivai enfin et, arquant le dos, parvins à écarter un peu les jambes ; le froid glacial qui s'y infiltra libéra enfin ce cri qui m'étouffait. Christophe saisit alors un lourd glaçon et le glissa entre mes cuisses ; celui-ci ne gela pas ma chair, parvenant à peine à tiédir le brasier qui sévissait en moi. Il inséra le cylindre gelé encore plus profondément dans mon sexe bouillant, et je le sentis fondre presque instantanément. La chaleur brûlante du membre qui m'envahit ensuite me fit deviner qu'il s'agissait bien du sexe de Christophe, seulement avec des proportions que je ne lui avais encore jamais connues. Il m'empala furieusement, empoignant mes cheveux et mon manteau trempés. J'avais l'impression d'être une poupée de chiffon, à la merci des éléments, violentée par le vent, violée par les arbres. Mon sexe broyé lancinait, mes seins écorchés et gelés hurlaient de douleur et de plaisir.

Je sentais que Christophe allait bientôt succomber à un plaisir intense ; il ralentit son rythme quelque peu, ne désirant probablement pas, lui non plus, mettre fin au supplice tout de suite. Sa main s'insinua entre mes cuisses et ses doigts terriblement froids fouillèrent mes lèvres gonflées, rendant mon sexe béant et moite. Agrippant fermement mes épaules d'une main et malmenant mon sexe de l'autre, Christophe reprit son agression de plus belle jusqu'à ce que nous nous laissions choir, deux corps unis sur la neige luisante, deux jouissances confondues s'échappant de nos corps exténués.

* * *

Ce qu'on nommerait plus tard « La crise du verglas de 1998 » tirait déjà à sa fin. Près de dix jours s'étaient écoulés et, peu à peu, la vie reprenait son cours normal. Plusieurs milliers de personnes étaient toujours sinistrées, mais nous nous en tirions plutôt bien. J'étais presque déçue de voir réapparaître le bleu du ciel et des températures anormalement douces qui firent fondre les vestiges de ces intempéries mémorables.

Notre vie à nous reprenait, elle aussi, son cours normal. C'était bien dommage. Je me demandais si Christophe avait toujours l'intention de me quitter malgré les événements des derniers jours. Il était parti à la ville ce matin, pour la première fois depuis le début de la tempête et, à son retour, je connaîtrais probablement le sort qu'il allait réserver à notre vie commune. Je ressentais une lourde tristesse devant ce que j'appréhendais ; c'est pourquoi j'eus du mal à interpréter le sourire qu'il m'offrit en sortant de la voiture.

Il m'embrassa et me tendit une enveloppe. Je pus voir qu'il s'agissait de l'agence de voyages avec laquelle nous avions traité pour nos deux escapades précédentes. Mon cœur sombra. Somme toute, notre histoire se terminerait sur un projet de vacances avorté. Je devrais refuser de l'accompagner une troisième fois, et c'est ainsi qu'il partirait. C'était si absurde ! Je pris une profonde inspiration, résignée, l'embrassai longuement et ouvris l'enveloppe. La Floride. C'était pire que ce que j'avais imaginé.

Devant ma mine déconfite, Christophe s'empressa d'intervenir :

— Tu sais, on n'est pas obligé de rester en Floride. On peut remonter la côte, lentement. Ça dépendra de la trajectoire de l'ouragan qui est déjà en formation au milieu de l'Atlantique. Avec un peu de chance, on l'attrapera bien quelque part...

Marquis imprimeur inc.

Québec, Canada
2007